TODOS LOS LIBROS QUE HAY EN MÍ

Javier Barraca Mairal

BARRACA MAIRAL, Javier: *Todos los libros que hay en mí*, Editorial Ygriega, Madrid, 2024, 234 pp. 105X150 mm. Diseño de cubierta, Grafismo Y

Papel: ISBN 978-84-17666-94-1 EAN: 9788417666941

Digital: ISBN 978-84-17666-95-8 EAN: 9788417666958

Depósito legal: M-22625-2024

INFORMACIÓN editorialygriega@gmail.com

VENTA EN **PAPEL**: Librerías en España. Además:

grupoediciones19.bajodemanda.com

Península Ibérica, Canarias y Baleares https://www.agapea.com/

Argentina *CUSPIDE http://www.cuspide.com/ *MANDRAKE mandrakelibros.com.ar *OZONUM Mercado Libre https://listado.mercadolibre.com.ar/

Brasil *O ATENEUM www.oateneum.com.br

Colombia *LEMOINE EDITORES www.librosyeditores.com *BIBLIOSTORE Mercado Libre https://listado.mercadolibre.com.co/ *LIBRERIA DE LA U www.libreriadelau.com

Chile *BIBLIOSTORE CHILE - Mercado Libre

https://www.mercadolibre.cl/ *Voy a Leer www.voyaleer.cl / *WePrint

Ecuador *POWER STORE BOOKS www.powerstorebooks.com *THE BOOKS LINK www.thebookslink.com

Estados Unidos: *Ingram-US

Guatemala *SOPHOS

Méjico *BIBLIOSTORE México - Mercado Libre https://www.mercadolibre.com.mx/ *Librerías GANDHI www.gandhi.com.mx/ *Librerías GONWIL www.gonvill.com.mx

Perú *ALEPH IBD (Mercado Libre) https://listado.mercadolibre.com.pe/ *Librería SBS https://www.sbs.com.pe

Uruguay *MERCADOLIBROS (Mercado Libre) https://mercadolibros.uy/ *PALACIO DEL LIBRO S.A. www.libreriapocho.com.uy

DIGITAL: https://www.casadellibro.com/ebooks *LA CASA DEL LIBRO y otras plataformas.. **España**, *TAGUS BOOKS http://www.tagusbooks.com/ *TODOS TUS LIBROS/ *CEGAL www.cegal.es *AGAPEA FACTORY www.agapea.com **Canarias.** LIBRO TÉCNICO, http://www.ellibrotecnico.com / *UNICORNIO, http://www.unicornioweb.com **Colombia**, NACIONAL www.librerianacional.com **Méjico**, VENTANA, https://laventanalibreria.com/ *CASA DEL LIBRO, México, *EDUCAL, http://www.educal.com.mx/*DEL SOTANO, www.elsotano.com **Nicaragua**, *LITERATO http://www.ebooks-literato.com.ni/

TODOS LOS LIBROS
QUE HAY EN MÍ

A tantas personas que, a lo largo de los siglos, han contribuido a la existencia y cuidado del monasterio de san Lorenzo de El Escorial. A quienes lo contemplan y visitan. A todo aquel que profundiza en su conocimiento, como Jaime Guibelalde.

Mi agradecimiento a la Facultad de Artes y Humanidades de la Universidad Rey Juan Carlos

Los libros han ganado más batallas que las armas» (Lupercio Leonardo de Argensola)

ÍNDICE

PRIMERA PARTE

Los libros sirven para sanar muchas heridas, para curar. Y, como seres dolientes del alma, creo que es preciso una medicina moral del alma.
(Santiago Ramón y Cajal).

INTRODUCCIÓN

Le he propuesto a Jaime redactar a dúo una novela histórica. Con su erudición y sincero amor a la Historia y mi obsesión por escribir, he pensado que esta puede ser una asociación provechosa. Sin embargo, no estoy seguro de que acepte el desafío.

Él suele andar muy ocupado, metido en mil refriegas cotidianas de toda clase, y debe atender a muchas otras actividades que le salen al paso. Por eso, tal vez no se decida a secundarme en la empresa; aunque, al menos, ahí ha quedado la invitación. De cualquier modo, los dos estamos convencidos de que se trata de un género –el de la novela histórica, en sentido amplio– que, hoy, tiene conquistado un claro espacio en el mercado editorial y que, además, enseña, transmite conocimientos, experiencias valiosas.

La escribiríamos en español, por compartir este idioma y ser conscientes de que todas las personas que lo hablamos, de un modo u otro, también tenemos en común inevitablemente una Historia, aquella que acompaña a toda lengua y en la que hunde su raíz. De manera que lengua e Historia conforman cierto patrimonio o herencia, asociadas en un apretado nudo, y en este particular caso el legado tiene una relevante significación. Aunque la conciencia de este hecho, por supuesto, no debe conducir a nadie en absoluto a la vanidad o a la soberbia. No lo hará al menos en nuestro caso, dado que ambos sabemos muy bien que la única grandeza de este mundo, la que las gobierna a todas, es la del interior. Y, así, a nosotros nos mueve, ante todo, en

nuestra relación, el afán de cultivar esa
virtud irrenunciable de la amistad. Esto
es, al final, lo que importa; y, de aquí, mi
empeño. Empeño que no resulta sencillo:
escribir a cuatro manos, pero con una
sola alma, como si dijéramos, un relato en
común. Desde luego, la aventura no
constituye tarea fácil. Ya veremos, luego,
si este barco llega o no a buen puerto, o
si lo hace de un modo u otro.

ÚLTIMA ADVERTENCIA

Como tanto Jaime como yo somos socarrones, y hasta aficionados a reírnos de nosotros, no puedo evitar aspirar a que, si colaboramos en ello, carguemos de humor nuestras páginas. En concreto, me refiero a un tipo de humor muy singular, el de quienes ponen en solfa sus propios afanes y sus deseos personales.

De forma que, en este lugar, me gustaría que nos riéramos incluso de nuestro ambicioso propósito. Por eso pretendo, a la par que ir desgranando el argumento de nuestra novela, inseparablemente también, dejar que se filtre en ella una sana autocrítica. La crítica a cualquier entusiasta que se lance a escribir, hoy, una novela histórica. Esto implica revelar lo excesivo y complejo del intento.

Para lograr lo anunciado, no queda otra que recurrir, claro está, a ese arma letal de la ironía. De manera que habrá que blandirla hasta volverla contra quien la empuña, en primer lugar. Así, igual que el Quijote desnudó a las novelas de caballerías, este relato, que ahora comienza, sueña —sin que ambicionemos emular al clásico en su valía, ni mucho menos- con poner algunas de las vergüenzas de las novelas históricas a la vista. De hecho, no les faltan este tipo de fragilidades; al menos, a algunas de ellas. Esto lo intentaremos no por falta de pudor, se entiende; sino por humor.

Pero adentrémonos ya en la faena; faena novelesca, según se ha dicho. Al final, otros dirán si el propósito aquí apuntado se logra o no. Ahora, sencilla y llanamente, allá vamos.

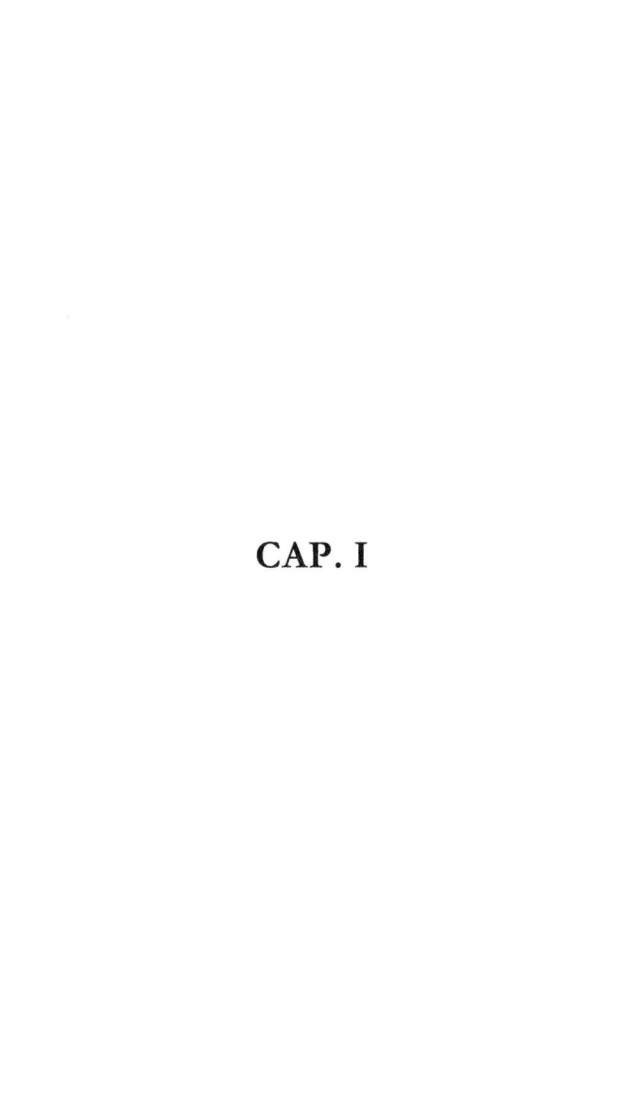

CAP. I

I.- Declaración de mi oficio

Esta es una época convulsa, plagada de batallas y contrastes. En ella, la hegemonía mundial, la primacía que disfruta nuestro rey, se ve amenazada. Otros vigorosos poderes, en todo el orbe, la ambicionan. Son muchos los príncipes que, con descaro, aspiran a arrebatársela y la pretenden, cual a una bella heredera. Sobre este disputado escenario, los actores se consagran a un duelo sin tregua, en el que el orgullo termina por constituir el argumento principal.

En estas circunstancias, se entiende que no todo el mundo advierta la importancia del papel que, en el teatro descrito, juega alguien como yo…

¿Qué quién soy y, por tanto, a qué se refiere mi última frase?

Pues nadie más y nadie menos que una modesta servidora del rey, del rey de las Españas. Una tan humilde como cualquier otra, sin duda; aunque a la vez encargada de una misión desde luego muy especial. Sí, porque mi cometido, a pesar de que extrañe y sorprenda, no consiste en otra cosa que en acopiar libros. Única y sencillamente me ocupo de acumularlos. Eso sí, lo hago por encargo y para una persona dotada de un inmenso poder; quizás, de hecho, para la persona más poderosa de nuestro tiempo: mi propio monarca.

En pocas palabras, mi oficio no es otro que el de acumuladora; en concreto, el de acumuladora de libros. Mas, esto, con el fin de guarecerlos en un lugar verdaderamente irrepetible –eso sí–, el real

monasterio-palacio de El Escorial, la espléndida maravilla arquitectónica que se
alza a la sombra del monte Abantos, en la
sierra de Guadarrama. Es decir, en la
regia y elegante construcción de granito,
elevada por el que puede decirse, en
buena medida, el dueño del mundo.

Pero por qué puede importar el
trabajo de alguien como yo, alguien que
amontona libros para su majestad, el
felicísimo y prudente Felipe II. Pues, lo
explico: porque los libros conforman las
mentes. Ahora bien, las mentes a su vez
conforman las vidas. Y, por descontado,
las mentes del soberano de casi la
totalidad del planeta, y las de sus consejeros o sabios, influyen en la existencia,
como se comprenderá, de un sin número
de gentes. Esto, a través de sus decisiones
y planes, de unos actos y determina-
ciones revestidos de un alcance auténtica-
mente global, ya que su larga y fuerte

mano llega hasta los cinco continentes. Por eso, lo que se introduce en el seno de tales mentes, por medio de los libros, resulta, al cabo, algo absolutamente crucial.

En fin. Con estas líneas termino la breve presentación de mí misma y de mi tarea que da inicio a este primer capítulo. Y lo hago sin siquiera desvelar por completo mi identidad. Pero es que mi identidad no interesa al caso tanto como mi función. De allí que concluya estas líneas reservándomela.

Esta infatigable y callada servidora del rey, esta amante fervorosa y entregada de los libros, de sus libros, que represento, vela discretamente aquí, ante ti, ante quien la lees, su identidad. Ya veremos luego…

II.- Este océano de palabras

Miles y miles de ejemplares… O, expresado de otro modo: toda una inmensidad, una inmensidad de volúmenes. Pero ¿cómo he logrado acumular, para mi rey, semejante océano de libros? ¿A través de qué medios se ha formado este mar de palabras? Sus dimensiones, en cualquier caso, son de tal envergadura que a duras penas podría alguien recorrerlo aunque emplease, en la singladura de su lectura, la existencia entera.

He atesorado, en efecto, para el que gobierna sobre gran parte de la tierra, todo un ponto, uno cuyas olas y espumas son las letras. Aquel cuyas posesiones se extienden a los tres océanos, ha conseguido gracias a mí este prodigio, el de encerrar entre los gruesos muros de El Escorial este piélago inabarcable de escritos. Mas, ¿de dónde procede esta enorme riqueza y quiénes nos la han proporcionado?

El vasto tesoro de libros de mi rey se ha nutrido de muchas fuentes, algunas francamente curiosas. En este caudaloso cauce, han vertido sus aguas escritos procedentes de muy diferentes poseedores, culturas y latitudes. De manera que lo componen obras que pertenecieron, por ejemplo, a su bisabuela Isabel, su católica majestad, junto a las adquisiciones sin cuento hechas por su personal encargo a lo largo y ancho del orbe. A ello se suman las ricas colecciones que le cedieron sus allegados; por ejemplo, la que le donó, en su testamento, el diplomático y poeta Diego Hurtado de Mendoza; o las compradas a las familias de algunos de sus nobles, tras sus fallecimientos, como la del padre de su secretario, Antonio López (este mismo que luego se revolvió contra su príncipe natural con desleal saña).

A esta jungla interminable de libros, han contribuido tanto bibliotecas monásticas como catedralicias y privadas o de particulares. De forma que personas de toda condición han puesto, en esto, su grano de arena: monjes, clérigos, laicos, sujetos de distintos linajes y profesiones y, así, copistas e impresores, estudiosos, mecenas, comerciantes, etc. Los más variados sucesos la han ayudado a crecer, poco a poco: cesiones y donaciones, regalos, intercambios o transacciones y hasta capturas de barcos que transportaban libros, como alguna de bajeles mahometanos. Esto último se cuenta, por ejemplo, acerca del origen del irrepetible ejemplar que llaman el Alcorán de Lepanto. En suma, en este laberinto interminable

de páginas, han revertido algunas venidas
de los más diversos rincones de la tierra.

Morirá mi rey y todavía seguirán
llegando libros a estos lares, ya sea por
liberalidad o por compraventa y negocio.
Se amontonarán, una tras otra, las aporta-
ciones, paso a paso, a semejanza de las
moles que, extraídas de las vecinas canteras, conforman al superponerse este edificio. El proceso de construcción de las
obras humanas, por ingentes que sean, ya
se trate del templo de Salomón o de esta
soberbia fábrica, tiene lugar poco a poco,
golpe a golpe, jornada tras jornada, y no
de un solo impulso. Lo que levantan los
arquitectos mundanos exige acumula-
ción, esfuerzo continuo, trabajo. Además,
por descontado, cualquier ser se halla
configurado de una forma precisa, según
un arte o disposición concretos y tasados,
en función de su especie y naturaleza
propias. Al fin y al cabo, como reza el

lema de cierto fresco escurialense: "Todo tiene su número, peso y medida" (al menos, todo lo meramente humano y temporal, todo lo creado).

De lo anterior se desprende que la relación con lo real reclama siempre sabiduría, conocimiento. En suma, inteligencia. Esa inteligencia, que pidió Salomón al Creador, tan necesaria para el gobierno de las cosas y de los Estados, de acuerdo con los espejos de príncipes, y que nuestro prudente rey precisa y demuestra cada día.

Gracias a este modo de proceder sutil, atento y cuidadoso, a buen seguro que terminen aquí, con los años, muchos otros libros. Puede, en fin, que suceda esto con los de nuestro erudito polígrafo Benito Arias Montano y con los que los agentes reales consigan encontrar, o con aquellos que nuestros ejércitos arrebaten de sus manos a los monarcas rivales, incluso a los mismos sultanes y príncipes de África y de Asia.

No detallo ahora otras historias. Pero señalo que este tesoro, vivo y siempre creciente, une los exclusivos manuscritos con los textos impresos. Y, dentro de estos últimos, integra numerosos incunables, de admirable valor. Congrega, pues, originales y copias, láminas, pliegos y páginas sin cuento, pergamino y papel. Además, por descontado, nuestro tesoro constituye un políglota consumado, ya que habla un sinfín de lenguas, antiguas y modernas. Se expresa en multitud de idiomas, de oriente y de occidente, del norte y del sur. De modo que, tras sus cubiertas, habitan las variopintas caligrafías, letras, caracteres y símbolos de los antiguos griegos y latinos, los arameos y hebreos, los árabes y armenios, los persas y caldeos, los sirios y turcos, de los escritores romances de un cúmulo de naciones, de los chinos y de los nipones.

Hasta corren rumores acerca de que nuestra majestad ha protegido, entre estas paredes, con exquisita discreción, tratados prohibidos, peligrosos escritos que persigue celosa la Inquisición. Libros, pues, sobre asuntos delicados, que él custodia con reserva frente a quienes anhelan destruirlos. Pero de esto, acaso, lo mejor sea aquí guardar un cauteloso, un respetuoso silencio. Más nos vale, respecto a ello, andarnos con cuidado.

CAP. II

I.- Desengaños del aspirante

Me ha desengañado. Sobre todo, al explicarme que el escribir al alimón es en cierto modo una utopía, y que no debo sobrevalorar ingenuamente la misión que le he propuesto. Esto, al menos, de acuerdo con su experiencia. Según él, no se alcanza nunca un verdadero equilibrio en esta tarea, un equilibrio justo. A su criterio, inevitablemente, el mayor peso y trabajo recae al cabo sobre alguna de las dos personas implicadas, con lo que esto comporta. Y conviene tenerlo claro, desde el inicio.

La verdad es que yo no puedo contradecirle. No lo he intentado antes. En cambio, Jaime, escribió un libro junto con otro amigo suyo hace algunos años. Sabe, pues, de lo que habla.

Una vez más, peco de don Quijote; está claro. Y, al hacerlo, me doy cuenta de mi insuperable sesgo, el sesgo del que se ilusiona siempre demasiado pronto, casi de inmediato y antes de empezar sus proyectos. Decía Marías que la existencia humana es "futuriza", y el sujeto "proyectivo" por naturaleza, que vivimos en tensión hacia el futuro. Pero lo mío va más allá, pues lo exagero e idealizo todo; me arrojo, me lanzo sin miramientos en brazos del porvenir, que imagino espectacular al fantasearlo. No logro contener mi ingenuidad congénita. Por ejemplo, esta misma mañana, respecto al plan de mi novela histórica, he sufrido otra implacable decepción.

Jaime nos ha hecho de guía, por pura generosidad, en una visita al monasterio de El Escorial. Lo detallado de sus explicaciones, lo pasmoso de su erudición a este respecto, no dejaban de asombrarnos. Sin embargo, al tiempo, yo me sentía más y más hundido en lo miserable de mis escasos conocimientos sobre el tema. Escuchándole, he advertido varios errores graves que había introducido ya en la novela que me he precipitado a redactar. Solo el pensar en la impresión de burla y ridículo que produciría el texto, en relación conmigo, el autor, a todo el que lo leyese, al descubrir fallos tan garrafales, me ha llenado de nerviosismo y vergüenza.

En cuanto he atravesado la puerta de casa, he saltado encima del teclado para corregir las erratas históricas, invadido por una viva preocupación. Había hablado de cientos de miles de volúmenes, al principio, como si se tratara de nuestra época, en una clara exageración; y, encima, alteraba el orden cronológico de varios acontecimientos.

Desalentado, he comprendido que pretender escribir un relato histórico, sin conocer mejor los sucesos, es como construir castillos en el aire o imaginar gigantes donde solo hay molinos.

Con la Wikipedia y un par de visitas al monasterio, por muy doctos que sean mis guías, no puedo elaborar algo serio de este tipo. Tendré que leer y documentarme a conciencia. Debo sujetar las riendas de mi entusiasmo, este entusiasmo desmedido, de autor primerizo de novela histórica. Esto es más complicado de lo que creía. No se trata, aquí, de coser y cantar, o de entregarme a la mera fantasía. Habrá, en fin, que estudiar.

II.- Fray José escribe

Fray José se ha mostrado muy hacendoso toda la mañana. Le he visto doblado sobre un fajo de documentos, que examinaba concienzudo, en silencio, durante largo rato. La suave luz de la primavera que nos envuelve, y que riega las rosas del jardín real, entraba desde los amplios ventanales y abría pequeñas islas de claridad en los folios que manejaban sus laboriosas manos.

Además de leer, escribe con ahínco algunas notas. Al observarlo, me lo he imaginado redactando, en el futuro, la historia de su orden y la de las piedras entre las que convivimos los pobladores del monasterio y sus estancias. Para escribir sobre algo, primero hay que cono-

cerlo, y pocos se han informado como él
sobre los derroteros y sendas que han
conducido a este imponente lugar hasta
su estado actual. Seguro que, si algún día
emprende estas tareas, las culminará con
gran provecho para todos.

No me cabe duda de que, si llega
a elaborar nuestra historia, la de este real
sitio, las gentes interesadas en ello se
adentrarán en su relato sobre nuestro
monasterio-palacio y quedarán asombra-
das con lo minucioso y vasto de la
información vertida por su parte. Cada
uno de sus enjundiosos párrafos se verá
recompensado por la sincera atención y
gratitud de sus lectores.

El padre Sigüenza es un singular
hijo de san Jerónimo; eso está claro. No
hay más que verlo, tan austero y recogido.
Ducho, como el santo, en el trato con el
silencio y con los libros. Su comunidad

llegó aquí por expreso deseo del rey, gracias a su entrega a la contemplación y el rezo, entre otras razones. No es extraño, por tanto, que el visitante atento descubra la imagen y presencia de san Jerónimo, de distintas formas, materiales o simbólicas, en multitud de rincones de nuestro callado recinto.

Este hombre curioso, al que se conoció antaño como José de Espinosa, experto en libros y lenguas, goza del grave privilegio del favor de nuestro rey, quien le tiene en una entrañable estima. Hasta sus hermanos religiosos le envidian por ello. De hecho, ya corren rumores de que, quizás, algún día, pueda convertirse en sucesor de don Benito, el bibliotecario principal. Mientras, él custodia para el rey, indiferente a las habladurías, en ciertos espacios, los de acceso más difícil, algunas de sus joyas escritas, que oculta astuto a la mirada de los inquisidores. Muestra, para esas esmeraldas de papel prohibidas, un maternal cuidado, a pesar de los recelos que estos libros encienden en sus censores. Mucho me temo, por esto, que el buen fraile sufrirá las consecuencias, si llega el día en que se confabulen contra él sus envidiosos con los celos inquisitoriales. ¡Quiera el cielo que el escudo protector de Felipe no se aparte de su persona!

III.- Un piloto para esta carabela de papel

Habla incansable, con unos y con otros, dando sus precisas y sabias instrucciones. Tiene que coordinar los esfuerzos de toda una tropa, la entregada tropa de quienes colaboramos a enriquecer este tesoro: el de los libros de nuestro rey.

Don Benito maneja lenguas muy diversas con maestría, y dirige tanto las adquisiciones como la organización y clasificación de esta tramoya gigante de cubiertas y páginas. Elabora, sin tregua y con diligencia, registros y listas de los ejemplares ya disponibles. Esto representa una labor esencial. Pero ¿por qué?

El rey envía emisarios a cada extremo del mundo para agrandar sus colecciones sin cesar. Luego, estos compran, invirtiendo una fortuna, más y más libros de todo tipo, autoría y condición. Pero resulta clave que esta ingente suma se gaste con tino y acierto. De aquí el valor de estas listas que se remiten a sus agentes, a fin de que no compren libros ya presentes entre estas paredes. Sería un gasto superfluo el repetirlos.

El manantial de erudición de don Benito no se agota nunca y resulta indispensable para gobernar este inmenso bosque de letras. Está clasificando los textos de acuerdo con lenguas en las que están redactados. Se aplica con un fervor bibliófilo, propio de él. A veces, confieso que su presencia bajo estas bóvedas, entre las largas filas de estanterías y anaqueles que no terminan nunca, cercada por fardos, paquetes y envoltorios de libros, que no cesan de acumularse, me recuerda la del bajel que lucha por arribar a puerto en la tormenta. Pero no hay que inquietarse. Nuestro rey no podía haber elegido mejor piloto para su nave. La pericia y destreza de don Benito, como experto y bibliotecario, a buen seguro se abrirán camino en medio de las turbulencias.

El voto de confianza real, que se le dio, no va a verse defraudado. Trabaja día y noche, con gran celo, para hacer realidad el sueño de nuestro rey y ampliar su tesoro incomparable de libros. A la vez, custodia con mimo este laberinto de letras, en el que se guardan gemas de sin par belleza. Entre ellas se hallan, por citar solo algunas de sus maravillas: el *De Baptismo parvulorum* de san Agustín (la más antigua de estas perlas, pues data del siglo VI d. de C.), el *Códice áureo* del emperador Enrique III, los *Comentarios al Apocalipsis* del Beato de Liébana, el *Devocionario* de

Isabel la católica, las *Etimologías* de san
Isidoro, el *Apocalipsis* figurado de los
duques de Saboya (recuperado de una
inesperada forma, por medio de cierta
pintoresca aventura), los inigualables
códices alfonsíes, las obras manuscritas
de santa Teresa…

A menudo, recibe las visitas de los
embajadores, que le aportan nuevas y
valiosas contribuciones, traídas costosa-
mente desde todas las latitudes. Los
libros son, en nuestro tiempo, sin duda,
objetos caros, casi preciosos. Hoy mismo
he sabido, por casualidad, que pronto
recibirá a un joven muy prometedor, a
quien desea encomendarle una ardua
misión vinculada a este asunto. ¿Quién
será? Y ¿qué misterioso papel va a
desempeñar en esta partida?

Aunque se ha intentado ocultar la
llegada del joven, en este lugar las paredes

oyen. No hay discreción bastante para guardar las noticias. Hasta los hábiles espías extranjeros se han infiltrado con sigilo, entre estas piedras, ansiosos por anticipar los movimientos y la voluntad de nuestro rey. Por ello, a cualquiera de quienes le servimos se nos ha pedido que actuemos, en estos tiempos, con una extrema cautela.

CAP. III

I.- Secreta embajada

Es un varón galán y lozano, de corteses maneras. Mientras conversa con don Benito, yo observo su porte, esbelto y a la vez aguerrido. Sus gestos resueltos, su desenvoltura, revelan una honda determinación, inusual en personas de su edad. Los rizos rubios de su cabello expelen una alegre luz. Al contemplarlo, pienso que reúne el ademán decidido del soldado con la serena pausa del que ama el estudio, la meditación, las letras. Qué hermosa conjunción de carácter y de físico, me he dicho a mí misma. Da la impresión de que está destinado a acometer con éxito muchas arriesgadas y fértiles aventuras. No consigo evitar el deseo de penetrar los secretos que presumo contiene su charla con nuestro bibliotecario principal; por lo que aguzo, ansiosa, mis oídos.

-¡Sed bienvenido! Y, antes de nada, muchas gracias por vuestra pronta satisfacción de mi solicitud de que acudierais a este sitio -otorga, complacido, en su saludo, don Benito.

-No hay por qué darlas. Sabéis que tanto mi familia como yo estamos al entero servicio de su majestad -replica, con modestia, el recién llegado.

-Así es. Lo sabemos. Aunque, en esta ocasión, tal vez os extrañe la petición concreta que voy a traslados en su nombre -aventura el sabio, en un tono cauto.

-¡Adelante! Podéis contar conmigo y con mi casa, en cuanto se os ofrezca -le anima, impetuoso, su interlocutor a proseguir.

-De acuerdo. Ya que el tiempo apremia, y vuestro temple muestra una vez más su celebrada energía, he aquí, sin rodeos ni circunloquios, la demanda.

-Con mi carácter solo procuro hacer justicia al lema que figura en los blasones de los Benavides. Ya recordaréis lo que proclama: "La fortuna sonríe a los audaces" -confirma el joven.

-Lo recuerdo y lo tengo muy presente. Ahora, llegaos. Acercaos hasta este fresco del muro -añade, mientras le guía hacia el centro de la nave, repleta de libros a cada lado.

-¿Os referís a la imagen pintada de estos hombres semidesnudos, entretenidos en sus extravagantes posturas corporales y en sus cálculos matemáticos? -pregunta el otro.

-Exacto. Se trata de los que llaman "gimnosofistas". ¿Habéis oído o leído algo acerca de ellos? -se apresura a interrogarle el consejero.

-Sí, algo sé. Cuentan que el gran Alejandro les tenía preparado un justo castigo por alentar la rebelión contra sus macedonios en la India. A causa de ello, les desafió con

sus preguntas, retando su inteligencia.
Quien cometiese un yerro, moriría. Sin
embargo, todos acertaron a escapar del
castigo, mediante sus hábiles respuestas.
Al final, les condonó la deuda y vivieron.
-Eso se dice -corrobora, satisfecho de la
contestación, el mayor-. Ahora bien, además de eso, puede que estéis enterado
también de que estos sabios entrenaban
severamente sus propios cuerpos, al
tiempo que profundizaban infatigables en
sus meditaciones. Odiaban los vestidos y
el alimentarse de carne. Habitaban los
bosques, llevando una austera existencia.
-Así lo tenía entendido. Continuad, por
favor -le apremia el caballero.
-Bien. Lo que acaso se os escape consiste
en un raro hecho. El de que algunos
creen que un grupo se desgajó hace
tiempo de esta comunidad, y se desplazó
a África. Allí, se juzga que constituyeron
una secta autónoma y desgajada: la de los
gimnosofistas etíopes.

-¿Y qué ocurrió después? -interroga el apuesto visitante.

-Pues, entre otras muchas cosas, un libro, un libro prodigioso. En efecto, hasta esta milagrosa biblioteca, que entre tantos ayudamos a progresar para convertirla en la más rica del mundo, esta precisamente en la que ambos nos encontramos, ha llegado un secreto. Ese secreto, que ahora os traslado y con el que me quedáis obligado, es el de la existencia de un libro, un documento único y restaurador -explica el erudito bibliófilo-. Tal libro obra en poder de los descendientes y discípulos de esta lejana y exótica secta. A vuestra merced toca el ganarlo para nuestro rey. Este es, pues, el encargo que os ha traído, hoy, hasta aquí.

-¿Qué libro es ese? Desde luego ha de tener a la fuerza un gran valor, para que su mera existencia constituya un secreto y me habléis así de él. Contad que, si el libro se halla en este mundo, esté donde esté y lo tenga quien lo tenga, yo daré con él y os lo traeré, pese al que pese -afirma, con una rotunda seguridad-. Mi rey lo obtendrá, conforme a su deseo.

-Esta es su encomienda y encargo. Sabed que el texto que reclamamos posee un valor inaudito. Y la causa de ello reside en su contenido, reflejado ya en el título: "La puerta de la salud". Conocéis los problemas que aquejan en este sentido a nuestro rey, como hizo ya la penosa gota con su padre, el emperador Carlos, de gloriosa memoria, que lo era del Sacro imperio romano y germánico.

>> Pues bien, somos conscientes de que no hay certeza de que tal libro sea real, y no invento o un mero mito. Tampoco nos cabe seguridad alguna sobre el poder curativo y sanador de sus enseñanzas. Pero, por si fuera de otro modo, enterados de su naturaleza, comprenderéis que resulta capital hacerse con el mismo y allegarlo hasta este recinto —razona, conclusivo, don Benito.

-Lo comprendo -sentencia, a su vez, el receptor del legado.

-De acuerdo. Pues esto es lo principal de lo que quería informaros. Luego os daré más detalles, a fin de que acometáis con ventura vuestra misión. De momento, tomad un respiro y refrigerio, y descansad. Reposad en los jardines, entre las espléndidas plantas del botánico del rey, y aguardadme allí. En un rato, iré a vuestro encuentro y os proporcionaré mapas, equipamiento e instrucciones más precisas.

>>Por descontado, antes de acometer el encargo, habréis de pasar aquí varias semanas, alojado entre estos muros, estudiando en nuestros preciados libros a las gentes que custodian el manuscrito que pretendemos y sus costumbres. Seguid, además, mi consejo y no deis noticia nunca a nadie de este libro ni de vuestra encomienda. Muchos príncipes europeos aspiran a debilitarnos y la frágil salud de

Felipe no les estorba en ello. Sabed, en consecuencia, guardar estas confidencias como se merecen.

-Podéis estar cierto de ello -le tranquiliza el convocado.

-Una última revelación -añade, con severo semblante, nuestro bibliotecario-. También voy a entregaros un arma infalible con la que garantizar vuestra misión. Es una carta firmada, de su puño y letra, por el rey. En ella, se ofrece, frente a cualquiera que entorpezca esta embajada, un presente para quien en cambio contribuya a su buen fin y coopere lealmente con vos.

>> Digamos que representa una especie de pago anticipado, uno verdaderamente muy singular: el pendón mayor de la nave capitana, que arrebatamos al turco en Lepanto. Ese pendón tiene una significación simbólica enorme y se custodia en Valladolid, a buen recaudo, junto a los alabastros de la colegiata de Villagarcía de

Campos. Dado que debéis aventuraros en tierras otomanas, nuestro rey ha dispuesto que disfrutéis de este salvoconducto. Si fuera necesario, no dudéis en intercambiarlo por el libro que ambicionamos. El rey se compromete con su sello a cumplir palabra de donar la enseña.

-¡Antes les entregaría a los otomanos uno de mis miembros que el pendón! -salta, lleno de indignación, el mancebo.

-Lo sospechaba. Con solo cien hombres de vuestro tenor, nuestro rey vería asegurada su hegemonía desde aquí a las Filipinas, pasando por las Américas. Pero ya tenemos por bien probada vuestra audacia, así como la de todos los Benavides de Alhama. A causa de eso, y por agradeceros vuestras gestas al servicio de su majestad, Felipe ha expresado que debo tomaros juramento de que obraréis tal como se os ha pedido -le aclara, exigente, el segundo.

-Si es voluntad suya, juro hacer lo que me
habéis propuesto en su nombre, y juraré
cumplir cuanto sea menester para mejor
servirle y obedecerle -añade, en su
reacción, sumiso, el joven.

-Queda entonces establecido. Otro punto: cuando vaya a buscaros a los jardines,
en un rato, os haré entrega también de
cierto fardo. En él están envueltas ropas
berberiscas, que precisaréis para pasar
inadvertido allí donde os dirigís. Troca-
réis, asimismo, la toledana que portáis por
la cimitarra que os proporcionaremos,
raparéis y afeitaréis vuestra cabeza y os
haréis pasar por turco o árabe, según convenga. Sabemos que os desenvolvéis con
soltura en estas lenguas y aun en otras, y
que nadie os iguala en el combate a hierro
o a fuego, ni sobre el corcel.

-Así es y tal como mandéis obraré -con-
firma, dócil, el comisionado.

-Pues, ahora, reposad. Nos vemos pronto
en los jardines, caballero. Mientras, voy a

dar orden de que dispongan vuestro acomodo.

-Allí os aguardo, ilustrísima.

II.- Un tropiezo cortés

A través de estos ventanales, la brisa serrana me trae las fragancias de las plantas del cercano jardín, y no puedo evitar sentirme celosa del bello entorno natural que rodea ahora al visitante.

Solo hace unos momentos, Felipe en persona, en su acostumbrado atuendo negro, se ha dignado acudir a saludarle. El gallardo agente del rey, entonces, ha inclinado deferente su cabeza y su pecho, con una reverencia marcial, frente al dueño del Toisón de Oro. Don Benito, a su vez, ha aprovechado para entregarle todo lo necesario, de cara a su partida a tierras africanas.

Sin embargo, de improviso, justo

cuando el joven noble se aprestaba respe-
tuosamente a alejarse, una persona ha
tropezado en su carrera y ha chocado por
sorpresa y sin pretenderlo, contra su
fibrosa y elegante figura, cual un bulto en
movimiento.

Era una hermosa mujer, de tez
morena, y una edad parecida a la suya.
Las risas que la precedían se han inte-
rrumpido de golpe. Ambos se han
mirado, y una galana disculpa ha brotado
de los viriles labios. Ella se ha excusado,
también, tras esto, y ha explicado que corría sin cuidado a causa de los juegos en
el laberinto vegetal que entretenían a sus
amigas, las damas de compañía de la
familia real. Una breve y cortesana charla
los ha retenido, entrelazándolos, durante
un cálido instante. Luego, apremiados
por el deber de separarse, los ojos de los
dos se han dado un suave beso a distancia, mientras se decían a la par adiós y

hasta pronto. Poco después, el ruido de las espuelas del noble ha vuelto a resonar enérgico sobre el patio de los reyes camino de sus nuevos aposentos.

Yo, por mi parte, he quedado muda y preocupada, ante el incierto destino que puede aguardar en el futuro a nuestro invitado.

III.- Silencio entre palabras

Los jóvenes, que el tropiezo antes descrito hizo encontrarse, han vuelto a verse en repetidas ocasiones. En este lugar, por supuesto, su coincidencia en determinadas oportunidades resulta casi lógica. Existen muchos espacios y actos comunes a los que concurrimos gran parte de quienes aquí habitamos. Además, casi puede adivinarse que, tras aquella casual toma de contacto, se buscan mutuamente y que desean alegres reiterar sus entrevistas. Aunque, al mismo tiempo, se nota en sus ademanes y gestos el cuidado que ponen en mostrarse discretos y cautos frente a la siempre ávida curiosidad ajena. Una de las conversaciones que lograron mantener a solas ocurrió al recaudo, otra vez, de los jardines reales, en un oculto vericueto de los mismos. Fue esta:

-Hoy me parecéis especialmente seria. Algo poco habitual en vos. ¿Qué es lo que os entristece de esta manera? -pregunta el hombre.

-¿No lo intuís? –responde ella con otra pregunta.

-No.

-Pues quizá deberíais… -le reclama, mirándolo franca y directamente a los ojos.

-Seguro, si así lo esperabais de mí. Os suplico que me excuséis por defraudaros. Pero, decidme, ¿qué es ello?

-¡Vuestra inminente partida! –lanza, de pronto, la joven.

-¿Cómo podéis estar enterada de tal cosa? -exclama él, esta vez con una aguda inquietud.

-Sosegaos… Estad tranquilo. No debéis tener cuidado a este propósito. No lo sé por ninguna indiscreción que haya traicionado vuestra confianza –le aquieta, serenándolo.

-¿Cómo entonces?

-No ciertamente por vuestros propios labios de amigo, ni por otros cualesquiera. Bien sellados los tenéis desde vuestra llegada -sigue la mujer.

-Y de esa guisa han de permanecer, por causas que no me es dado revelaros ni aun a vos, a pesar del afecto que os profeso y que ya os he declarado abierta-mente –le confirma, reservado.

-No careceréis de sensatas y nobles razones para ello, según lo que os conozco.

-Así es.

-Sin embargo, aun con eso, hay un lenguaje que resulta tan elocuente o más que el de vuestra boca -le reta, traviesa, con una sonrisa.

-¿Cuál? -interroga él, picado.

-El de vuestros silencios -sentencia la dama.

-¡Voto al cielo! ¿Acaso van a hablar más claro que yo mismo mis silencios?

-No lo dudéis. Que no hay voz que grite más alto que ellos.

-Amiga —le invita, con ternura, él entonces-, tened la gentiliza de aclararme ese extremo, que un necio y torpe como yo no alcanza a seguiros ni a entenderos.

-Pues, muy fácil -responde su interlocutora. Hará días que se os escapa del rostro una sombra, involuntaria y fugaz. Y a esa sombra la acompaña, siniestro, un callar vuestro que se repite taciturno. Como os aprecio tanto, según hemos hablado todo este tiempo, en ese callar, cada vez más frecuente, he leído claro como el sol un agrio mensaje: vais a marcharos muy pronto. Lo sé, lo adivino... ¿No es cierto?

-¡Qué sutil resulta vuestro ingenio en esto y, quizá, también, vuestro corazón! No os lo niego. Pero sabed que, si no os lo he confesado antes, ha sido solo por un justo motivo.

-Para ahorrarme el pesar que ello me causa.

-Exacto. Un pesar que es mutuo, amiga mía, un pesar que compartimos. Mas, las penas que se comparten se hacen un poquito más pequeñas, de algún modo, aunque nos aten como un nudo. Y, ahora que estáis enterada, os pido que guardéis el secreto a fin de no estorbar la misión que me apresto a emprender. Aunque supongo que ya habréis pensado obrar de esa forma, dada vuestra discreción.

-En efecto –le confirma.

-Pues, entonces, os ruego que retomemos nuestro paseo en estos jardines. Y que lo hagamos como si nada de lo dicho se hubiera pronunciado. Quiero disfrutar de vuestra compañía sin presagios ni nubes que carguen de pesadumbre el ánimo. Esto, para grabar mejor, hondo y fuerte, dentro de mí, vuestra presencia. Ella me acompañará en todo momento y me mantendrá unido a vos por muchas leguas que nos separen.

-Claro. Sigamos adelante de esa manera, tal como decís. Que también yo voy a necesitar de esa dulce memoria muchas veces, en vuestra ausencia.

IV.- Amarga quijotada

Como buen quijote de la novela histórica, llegado mi relato al punto donde lo acabamos de dejar, ya estaba frotándome las manos. Había echado a cabalgar la narración y, en apenas unas páginas, tenía casi todos los mimbres con los que configurar mi invento: un tiempo propicio, el siglo de oro de la monarquía hispánica; un escenario, el monasterio de san Lorenzo; una narradora, de identidad todavía no desvelada; varios personajes de época, como el propio rey Felipe o sus bibliotecarios, fray José de Sigüenza y Benito Arias Montano; un argumento, la difícil misión que el último había puesto sobre los hombros de mi héroe; y hasta el incipiente despertar de una aventura amorosa.

Nada podía fallarme, me decía a mí mismo, cuando Jaime me invitó ayer a su casa. Entonces, una nueva decepción se abatió, sombría, sobre mi novelesco y quijotesco ánimo.

No tuvo que contarme nada, en esta ocasión. Mi frustración nació por sí sola.

Yo andaba combinando entre sí, en mi imaginación, algunos detalles cultos con otros curiosos, integrando datos más de adorno u ornamentales con los propiamente substanciales. De esta forma, pretendía darle un toque formativo y también de amenidad a mi narración. Se trataba de hechos de un carácter muy variopinto, incluidas determinadas referencias de tipo simbólico.

Pensaba que en mi obra no podían faltar ciertas pinceladas eruditas, que dieran colorido y brillo a la obra. Pinceladas en la línea de las siguientes: la idea del tratado de Vitruvio, concerniente a que un edificio público debe integrar firmeza con utilidad y belleza, así como armonía o proporción, y la influencia de esto en los arquitectos del monasterio, Juan Bautista de Toledo y Herrera; el eco, en la construcción, del templo salomónico; la falta de aprecio al estilo pictórico del Greco, por parte de Felipe II, y su estima hacia el Bosco; o el incontable número de restos y recuerdos de santos, agrupado a lo largo de los años en el monasterio, hasta convertirlo casi en un inmenso relicario.

A todo esto, planeaba agregar ciertas anécdotas e historias. Leyendas y habladurías varias, de tenor simplemente pintoresco, como la de que el recinto tapa una de las bocas o accesos al mismo infierno; la del detalle del horóscopo que acaso le brindara Nostradamus, y la prevención del rey frente a este; la de la

colocación de un supuesto ladrillo de oro,
a fin de acallar a quienes recelaron de que
el monarca contara con medios sufi-
cientes para acabar el monumento, y que
no es sino una caja con reliquias de santa
Bárbara; la de la biblioteca escondida o
secreta...

También, iba a espolvorear mi narración con otras curiosidades y datos.
Entre ellos, figuraban el encontrarse el
rey en la iglesia de prestado, en el momento preciso en que se le anunció la
victoria de Lepanto sobre la colosal arma-
da turca; la larga serie de incendios, sa-
queos, conflictos y obstáculos de todo
tipo a los que ha tenido que sobreponerse
el edificio; las frases y descripciones
literarias o filosóficas de sus admiradores,
como la orteguiana de que constituye
"nuestra gran piedra lírica"; etc.

Sin embargo, bastó una simple

imagen hogareña para echar por tierra mi
pre-sunción y confianza. Entré en el
salón y advertí en un rincón una pila
considerable de libros. Me acerqué a ella,
intrigado, y comencé a balbucear en voz
baja los títulos que leía, con admiración.
Se trataba de una abultada cantidad de
textos sobre el monasterio.

Jaime me observaba en silencio, a
cierta distancia, con cierta prevención, a
fin de no desalentarme. Al cabo de unos
instantes, comprendí que no podía seguir
adelante sin redoblar mis esfuerzos.
Aunque, gracias a su consejo, ya había
consultado varios volúmenes a este respecto, me di cuenta de que no era
bastante. No se trataba, en fin, de envol-
ver mi obrita con un papel más o menos
aparente. No era asunto de envoltorios o
de superficialidades. La empresa volvía a
reclamarme lectura, estudio o codos y,
ante todo, reflexión.

Le pedí a mi amigo algunos de sus libros; entre ellos, dos de fray José (sobre la vida de Felipe y la historia de la construcción de san Lorenzo). Y me escabullí un tanto avergonzado. No podía conformarme con mencionar de pasada la batalla de san Quintín, la parrilla famosa, las maravillas artísticas e ingenieriles, los portentos arquitectónicos que alberga, u otros elementos semejantes. Tenía que ir más lejos.

Al ojear los textos de Jaime, había descubierto que muchos pasajes estaban subrayados y anotados con comentarios de su puño y letra. Algunos folios se ocultaban, con sus observaciones y pensamientos personales, mezclados dentro de aquella frondosa selva de páginas.

Mi amigo no se había limitado a informarse, durante años. Había pensado sobre todo aquello. Capté, de inmediato, que yo también debía, a mi vez, profundizar, ahondar en todo eso, a fin de darle nervio, una espina dorsal a mi relato. Esto no resultaría de acumular meras anécdotas o datos, sino de una reflexión pausada, sin prisas.

Tenía que madurar mis lecturas, hasta convertir aquella información en algo unitario, estructurado, articulado. En definitiva, había que pasar de la información al verdadero conocimiento. A ese conocimiento, en suma, que solo se forja, lenta y trabajosamente, dentro de la fragua de nuestro propio interior.

CAP. IV

I.- Verde culebra en "La Herrería"

Las semanas han ido transcurriendo desde que el emisario real nos abandonó, rumbo a su secreta misión, tras su estancia entre nosotros. De este modo, el templado clima de la primavera ha cedido su lugar al estío y a su feroz canícula. Sin embargo, en este privilegiado espacio, los ardores de la estación se ven atemperados por el fresco que baja de la sierra, una cadena de altivos cerros que se yergue y recorta su silueta, imponente, alrededor nuestro. Además, lo hermoso del entorno no se ha menoscabado un ápice a causa de lo caluroso de la estación.

Hay que atender, en relación con lo anterior, a que estos parajes no se componen solo del pétreo monasterio real, sus edificaciones adyacentes y los jardines que lo rodean. Hay mucha belleza asimismo en el medioambiente circundante. Estos montes, bosques y llanos también movieron al rey y a sus consejeros a escogerlos como emplazamiento para su proyecto monumental.

El tórrido verano español se sobrelleva mucho mejor a la vera de la amena cordillera, entre estas peñas. No puede extrañar, por tanto, que se eligiera este lugar preciso como enclave para aunar la residencia estival y el panteón o mausoleo de la corona, e integrarlos con un cenobio en honor de san Lorenzo, con ocasión de la victoria en el día de este santo de las tropas de Felipe y de sus aliados en la batalla de san Quintín.

La espléndida lonja o explanada que se extiende, frente a la entrada principal del monasterio, tiene de hecho una temible adversaria, que rivaliza con ella, en la verde pradera de La Herrería. Esto, especialmente, cuando la rojiza luz del atardecer deja caer sus reflejos, a la vez, sobre el estanque y la fachada meridional, así como entre la hierba y los árboles que se esparcen en la llanura aledaña.

Desde allí, a este piso, han llegado rumores de esquivas conversaciones. En algunas, Irene de Borja, la guapa doncella que tropezó con el agente del rey, confiesa a sus compañeras en la corte su vivo interés por este. Los cuchicheos y habladurías se encienden, cual reguero de pólvora en torno a ella. ¿Volverá a verse con el caballero? ¿La atracción durará o se apagará al cabo en la distancia? ¿Regresará este con bien de su arriesgada embajada? ¿Tendrán o no algún porvenir, y cuál, los deseos y anhelos recíprocos de ambos jóvenes?

No sé si es del todo cierto, pero cuentan que una culebra ha mordido a la dama, durante un paseo por La Herrería. Esta se sentó, desprevenida, sobre unas moles, pegadas al muro que cerca el contorno del monasterio. Y no advirtió la oculta presencia del reptil entre las piedras.

Ella, conforme a su brava y recia personalidad, no se ha quejado del incidente. Pero el suceso no ha pasado inadvertido a causa de la herida que se deja ver en su contorneado brazo.

Ni yo misma ni nadie puede alegrarse con la desgracia de una mujer de su colosal belleza, interior y exterior, de su jovial y natural bondad. Por fortuna, parece que la mordedura no ha logrado apenas hacer mella en su carne. La joven se recupera del susto y percance con rapidez. Sin embargo, dentro de estos severos y a menudo taciturnos muros, el hecho se ha interpretado por los más supersticiosos como un mal presagio para la secreta encomienda del rey. El futuro dirá si tales temores se confirman o no. Queda solo… esperar.

II.- Dos cartas en una

Las semanas se han convertido ya en meses sin recibir novedad alguna, relativa al viaje del agente real. Sin embargo, hoy, por fin, a primera hora, casi al despertar del alba, llegó al galope un cartero procedente del Alcázar de Madrid.

El emisario portaba unas notas manuscritas, en clave, para don Benito. Este lo descifró en el extremo de la nave, cabe el fresco que representa la alegoría de la filosofía en una imagen femenina cercada de egregios pensadores: los griegos Sócrates, Platón y Aristóteles, y Séneca, el hispano-romano. En el otro lado, se reproduce por su parte a la teología, en otra figura de mujer coronada, por entender esta como la reina de las ciencias, acompañada de Gregorio, Jerónimo, Ambrosio y Agustín. De hecho, toda la sala se dispone de acuerdo a una iconografía vinculada a la tradición de las siete artes liberales del *trivium* y el *cuadrivium*.

El mensaje se componía, fundamentalmente, de una misiva en la que el joven Benavides detallaba sus progresos, en busca del libro que debía colaborar a la mejor salud del rey. En ella, daba cuenta de algunos de los lances y avatares vividos. Al final, se deslizaba entre las páginas un delgado billete –en forma de hoja rectangular -sobre el que aparecían transcritas unas breves frases. La carta pedía a su destinatario que lo hiciese llegar, con suma discreción, a una persona residente, esa temporada, en la zona del complejo monumental acondicionada para los allegados a la familia real.

En concreto, se trataba de la hermosa Irene de Borja.

Don Benito procedió según se le pedía. El texto, firmado por el caballero, rezaba únicamente así: "Tropezasteis conmigo y yo, a mi vez, tropecé con vos. Tropezasteis y... ¡enamorasteis!".

III.- Noche de espías

El aire se ha cargado del polvo sahariano que, cada cierto tiempo, invade regularmente el cielo de la Península. Su tono cobrizo se posa en las nubes y todo adquiere, por su intermedio, un color característico. Junto a esa arena, volandera y viajera, han llegado hasta mí, atravesando la oscuridad, escapados del conciliábulo que tiene lugar bajo estos mismos balcones, los rumores y ecos de una lejana escena. Esta ha sucedido, hace un tiempo, en un punto indeterminado del norte de África, durante otra noche tan tenebrosa y bizarra como esta.

-¡Entregad aquí vuestras armas al punto o sois hombre muerto! -se escucha gritar, con un acento enérgico, de mando y exigencia, en la penumbra.

Y un varón, que dormitaba en cierto claro abierto entre un grupo de palmeras, envuelto en ropas moras, al oír esto, se sobresalta. El grito le ha despertado sobre su improvisado lecho en la hierba junto a una ya tenue fogata.

-¿Queréis robar mis pertenencias o degollarme? ¿O, tal vez, ambas cosas? Pero no lo hagáis, os lo ruego. ¡Teneos un momento, por Dios! —exclama, alarmado, el destinatario de la orden, un enjuto anciano.

-¡Ya lo veremos! De momento, lanzad daga y cimitarra hacia esta espesura. Y hacedlo pronto, que os estoy apuntando con mi mosquete desde estas sombras —exclama el intruso.

-¿Me habláis en castellano, pese a mi atuendo y al lugar donde nos encontramos?

-Así es. Le he preguntado a vuestra montura y a los fardos que a sus pies se hallaban, y todos venís de España. ¿O me equivoco? -pregunta, con un timbre de burla, la voz que escapa de la espesura.

-¡No, no! No erráis en ello, compatriota. ¡No disparéis! ¡Allá van todas mis armas! –replica el otro, lanzándolas en la dirección solicitada.

-¡Ya las tengo! Y a fe que son aceros de calidad…, comparables a los toledanos. Ahora, puedo mostrarme ante vos sin peligro. ¡Venid ante el fuego! Llegaos sin temor, buen hombre. Como veis, no traigo más mosquete que el de la imaginación. Ha sido solo una argucia obligada.

Dos hombres delgados se aproximan, a tientas, hasta el centro del improvisado campamento. Ambos visten indumentaria mahometana. El que porta las armas arrojadas ha emergido, cual un espectro, de las sombras que los circundan. Las tinieblas los cercan; pero, a pesar de esto, aquí, uno de ellos nos resulta familiar, pues no es otro que nuestro aguerrido personaje: el de Benavides.

-Gracias por vuestros hierros. Siento arrebatároslos, pero es del todo preciso —explica el joven asaltante-. Los míos han sido el precio que he pagado por ayudar a liberar a un cautivo al que sus captores intercambiaron por mis armas.

-¿Me priváis de mis medios de defensa, en este peligroso país, aun siendo ambos compatriotas, únicamente por carecer vos de los vuestros? Pues, entonces, no debisteis canjearlos tan pronto, so pena de veros luego convertido en un ladrón como el que sois ahora —le reprocha el otro.

-La daga os la tornaré de inmediato. Cogedla de mi propia mano. Solo os tomo prestada la espada, y por razón de fuerza mayor. Vengo a estas tierras a realizar un mandato real y la preciso. Algún día la tendréis de vuelta o, en su lugar, una paga que os la compense con creces.

-¿Mandato real? Y ¿se puede saber de qué monarca procede vuestra encomienda?

-¡Del rey de reyes y señor de señores: el amo del mundo! —replica, con evidente orgullo, el desconocido que surgió de las sombras.

-¡De su majestad Felipe!

-Del mismo.

-Pues, si es suyo el encargo, haceos de nuevo con mi daga y con cuanto os convenga de mi parte, que también yo le sirvo, aunque sea en estos fieros rincones —le invita, generoso y contento el otro-. Venid. Tomad asiento encima de estas modestas mantas, compartid mis frugales viandas y contadme de España, que es allí donde tengo a cuantos puedo llamar mis verdaderos amigos.

-Por vuestro lenguaje aprecio que, igual que mi persona, os halláis en estos parajes para honrar a nuestro rey... —aventura, echándose a lo moruno en una mullida cobertura el recién llegado.

-Para cumplir sus órdenes, como vuesa merced. Pero ni vos ni yo somos hombres que cuenten más de lo que deben sobre sus empresas, a lo que me parece. De vuestro proceder y aspecto deduzco que venís en secreto -replica el dueño de los enseres que hacen posible la acampada.

-En el mismo que creo os movéis a vuestra vez.

-Pues callemos ambos respecto a ese particular. Acompañadme en el tomar el té y los dátiles que enseguida os prepararé y descansad, luego, aquí, hasta que nos alumbre la mañana. Pero aguardad un instante... Ahora que miro de cerca vuestro rostro, permitidme que os señale que me recuerda mucho a uno que fue el de un gran camarada mío en estas lides.

-¿El de quién? –pregunta, intrigado, a su improvisado huésped, el que es ahora su invitado.

-No le conoceréis. Respondía al ilustre nombre de Francisco de Aldana.

-¡El de Aldana! Pues os equivocáis. Sí que he tenido noticia de él. Regio agente fue entre todos los que tejemos la tupida red que informa al rey prudente. Quienes me instruyeron en nuestras reservas y discretas empresas, en favor de nuestra patria, me hablaron con rendida admiración de vuestro amigo. Si en algo me asemejo a él, es un honor que no merezco.

-Como nosotros, aquel era un fiel y leal servidor de la corona. Hábil como ninguno, bravo y diestro en artes muy variadas. Sabedor de la lengua berberisca y de la portuguesa, amén de la que compartimos. Murió en el curso una de sus incontables hazañas junto al rey de Portugal, en estos suelos africanos.

-Pues que su grato recuerdo estreche nuestra amistad de hoy en adelante.

IV.- Unas nuevas ambivalentes

-Lo que voy a revelaros constituye secreto de Estado -comenzó don Benito.
-Contad con mi discreción. ¿De qué grave asunto se trata? -le preguntó su interlocutor, bajo el hábito mercedario.
-De uno que pone en jaque la suerte de estos reinos y los de allende de sus fronteras, más allá de ultramar, hasta los confines y extremos del orbe -ratificó, solemne, el primero.
-Decid.
-Sabréis que el primogénito de los Benavides de Alhama, don Jaime, cuenta con un singular hermano. Ahora bien, hace ya meses, se encargó a este caballero, que tiene por nombre el de Alfonso, y es persona de donaire y virtud excelentes, como resulta sobradamente

conocido, una ardua misión. En concreto, la de ganar para nuestro rey un antiguo libro en lejanas y exóticas tierras.

>>Se hizo así a causa de que existe la posibilidad, aunque remota, de que tal obra acaso contenga la clave para salvaguardar y restaurar la quebradiza salud corporal de nuestro Felipe; salud que, como también se sabe, resulta maltrecha y precaria demasiado a menudo para lo que conviene a un príncipe en este tiempo.

-Entiendo. Soy consciente de esto último y de lo infortunado de esta debilidad suya, que es también nuestra común desgracia. ¡Que el Altísimo tenga en su voluntad sanarle, para bien de las incontables naciones que gobierna, cuanto lo permitan sus infalibles designios!

-¡Que Él lo quiera así, y lo guarde muchos años! Ahora bien, hoy, justamente, han llegado nuevas del curso de esta riesgosa embajada. Voy a confiároslas, ya que necesito solicitaros vuestra ayuda en ello -explicó el consejero real.

-Sea cual fuere vuestra demanda, tenedla desde ya por satisfecha, en lo que de mí dependa esta y según lo que se halle a mi alcance -otorgó, generoso y de antemano, el mercedario.

-Os lo agradezco. Bueno; primero, paso a relataros el estado de la cuestión. Y, luego, detallo mi petición. Antes, otra secreta confidencia: quien ha sugerido al propio rey el que recurramos en esto a vuestra persona es una dama, de viva inteligencia y fuerte temple, doña Irene de Borja. Ella os admira sobremanera y, al parecer, le va el corazón mismo en vuestra misión.

-Comprendo. La conozco y estimo en mucho, dadas sus notables cualidades. Hasta he tenido el honor de ser su huésped, en alguna que otra oportunidad, en el elegante palacio de su ducado de Gandía. Podéis hacerme el encargo. Os escucho.

-Excelente. Paso a ello de inmediato. Vaya por delante que el destino ha dado un ambiguo trato a nuestro joven. De manera que, según comprenderéis ahora, ha tenido para él duelos o quebrantos, unas veces; y, otras, bendiciones y regalos. Ambivalente acostumbra a mostrarse la veleidosa rueda de la fortuna con los héroes. Pero no la juzgo en este momento y, sin más rodeos, os informo. Este es, más o menos, el movedizo hilo que han seguido los acontecimientos relativos a don Alfonso Benavides...

V.- Venturas y desventuras de un encargo real

Las paredes oyen, acostumbra a decirse. Y, sin duda, es verdad; al menos, así sucede en este egregio y estratégico recinto, que habita el soberano del mundo y a quien visitan sin tregua embajadores, llegados de muchos de sus rincones, sedientos de confidencias. De forma que también yo puedo, sin dificultad, resumir las noticias que transmitía el mensaje de don Alfonso.

El caballero daba cuenta de sus azarosas peripecias en pos de "La puerta de la salud". Estas podían agruparse y diferenciarse en dos partes muy distintas. De manera que, si en la ida de su viaje la suerte no le fue ingrata, en cambio a su vuelta o regreso por el contrario los hados le resultaron severamente adversos.

No encontró impedimento para cruzar desde España a África y alcanzar el país de los etíopes. En este, halló no a la secta gimno-sofista, sino a la comunidad paleo-cristiana, de rito copto, fundada por el evangelista Marcos, tras el encuentro entre el eunuco y Felipe. Su antiquísima civilización persiste, todavía, en efecto, en las hermosas realizaciones de sus fundadores y de los sucesores de estos. Sus coloridos templos y palacios pintados resplandecen, aun alegres, en su vivo cromatismo, bajo el poderoso sol africano.

No quedaba, sin embargo, allí, huella alguna del volumen pretendido; lo que entristeció mucho al agente real. Este experimentó una aguda desilusión al constatar que no podría complacer a su señor. Sin embargo, la divina providencia no quiso pagarle con tan mala moneda sus encomiables trabajos y valor. Un inesperado presente palió, en parte, su fracaso.

Hay libros admirables escritos en las personas y en las vidas de estas. De esta forma, el joven recibió, en compensación a su frustrado esfuerzo, otro libro distinto de aquel que se le había ordenado buscar. Ese otro texto consistió en las hondas y provechosas enseñanzas de aquellas gentes. En particular, le obsequiaron con su inveterado arte médico, un conocimiento que cultivaban desde sus ancestrales orígenes. Los africanos instruyeron a su huésped en esta fértil tradición, que se había enriquecido gracias a los frutos procedentes de la sabiduría salomónica que a ella había revertido.

Tras adiestrarse en este fecundo saber, inició el retorno a su punto de partida. Mas, aquí, comenzó la segunda parte de su viaje, la más amarga y dolorosa.

Su pequeña embarcación, una falúa en la que navegaba en solitario, a fin de no despertar sospechas, fue presa de los piratas. Estos no solo lo tomaron como rehén y lo sometieron a un atroz cautiverio, sino que le arrebataron el documento real, que obraba en su poder como salvoconducto.

El chantaje estaba, así, servido en bandeja. Los corsarios exigían, a cambio de la liberación de Benavides y de la célula real que este portaba, nada menos que el valioso pendón –que deseaban después vender a los otomanos -y una cantidad enorme de oro como rescate.

El montante de oro, a pesar de lo

ingente de la suma demandada, no era imposible proveerlo. Felipe satisfaría a los secuestradores en ese aspecto, ya que el audaz sacrificio de su agente a la causa real se lo había merecido con creces. Pero la entrega a esos desalmados del pendon…, al menos, sin recibir por él aquel libro prodigioso, "La puerta de la salud", resultaba extremadamente costosa.

Aparte de esto, ¿qué pintaba, en este cuadro, el religioso mercedario antes mencionado?

Don Alonso López de Quintás constituía un experimentado experto en rescates y secuestros de esta clase. No en vano militaba en la orden de la merced. Esta, de hecho, fue instituida con la vocación de ayudar a la liberación de los cautivos. Muchos mercedarios se intercambiaban en persona por prisioneros, quedando en manos de los crueles captores de estos. La generosidad de estos frailes cristianos era, sin duda, un testimonio de amor y caridad sublime.

En síntesis: el rey, aconsejado por doña Irene, había recurrido al mercedario con la intención de que este y su orden intervinieran en el caso. Solo ellos tenían alguna posibilidad de mediar con éxito en la operación y traer de vuelta y seguros tanto a don Alfonso como al pendón. Pero… ¿acaso iba a ocurrir finalmente de este modo?

CAP. V

I.- Ante un cristo desnudo

Largas horas pasó doña Irene de rodillas, en súplica devota, ante el cristo de mármol de Cellini que puede verse en el monasterio. En su oración callada, intercedía pesarosa por la libertad de don Alfonso. La blancura del cuerpo desnudo de Jesús —apenas velado por una pudorosa tela en sus partes pudendas- pareció ir imprimiéndose, día a día, sobre el rostro de la mujer, cada vez más pálida y lánguida. Casi podían confundirse entre sí sus pieles blanquecinas.

Así se encontraba, en su postración, de nuevo, cuando unos pasos y una nerviosa voz rompieron su soledad y la alcanzaron. El corazón le dio un vuelco y la alegría la arrebató por dentro.

Una de sus amigas repetía con júbilo y entusiasmo:

-¡Está libre, está libre! ¡Don Alfonso se halla a salvo y viene hacia aquí!

La bella, tras oír esto, se alzó de su genuflexión impulsada por un resorte. Sus peticiones, las que había prodigado dentro y fuera de aquel mudo recinto, habían sido atendidas.

II.- Una lectura pública

Nos hallábamos todos entre aquellas montañas de libros, pues este era el espacio escogido por el lector. Yo, según se entenderá después, sencillamente no podía faltar, dado el sitio elegido. Este, sin duda, no nos sorprendió en absoluto. Resultaba natural, a causa de que constituía el ámbito habitual de quien nos había convocado. Allí, junto a las anchas estanterías, don Benito dio lectura pública a la misiva que le había remitido el mercedario.

Este le contaba que, al fin, don Alfonso estaba en libertad. Y, para explicarlo, detallaba algunos de los hechos que habían conducido al feliz desenlace.

En un principio, el religioso había acudido a la noble casa solariega del prisionero. Su opulenta familia le entregó una enorme cantidad de dinero y joyas, con la que el fraile pensaba doblegar la voluntad de los piratas, al incrementar así la suma demandada ya sufragada por el rey. De esta manera, esperaba convencerles de que desistieran de la entrega del pendón. Si lo que deseaban no era sino vendérselo a los turcos, también él podía compensarles económicamente por ello. Siempre repetía cierto lema, engendrado en él por la experiencia: "Los corsarios no entienden de pendones sino de doblones". De modo que, con esta idea fija en el magín, fue desarrollando sus tratos con los codiciosos captores.

En ello estaba, gracias y a través de sus contactos, cuando llegó a sus oídos una noticia extraordinaria: ¡el prisionero se había escapado! Al parecer, se deslizó, de entre las garras de aquellos ávidos sujetos, una noche en que estaban desprevenidos, a causa de sus muchos y depravados vicios, enredados en sus peleas y disputas continuas. Y eso no era lo mejor: antes de huir, había prendido fuego al salvoconducto real. De manera que esos rufianes ya no tenían forma de reclamar el pendón ni cosa alguna a Felipe.

Todo había resultado para bien. De esta guisa, el audaz hijo menor de los Alhama se dirigía ya hacia la corte, por sus propios medios.

La nota terminaba advirtiendo que no sería de extrañar que el caballero se presentase pronto en el monasterio.

No hace falta decir cómo se expandió el gozo y el alivio entre los presentes. Una ola de felicidad pletórica invadió el monumento. Loas a la Virgen y a su hijo salían de todas las bocas. Pero, de entre ellas, una, la carnosa boca de doña Irene, revelaba una expresión de verdadera satisfacción. En esos sensuales y suaves labios se había pintado la sonrisa de quien ve cumplirse sus sueños y está a punto de alcanzar sus más hondos deseos.

III.- Diálogo entre necesitados

Los cantos del coro de los niños de la escolanía nunca antes habían sabido tan dulces en los oídos de los asistentes. Tras la ceremonia, a la salida de la misa, las nobles se dispersaron en el patio de los reyes. Todas se dirigieron a atender a sus pobres, según acostumbraban a llamarlos. Ellos, nada más distinguirlas, se apresuraban a cercar a las damas, en cuanto estas asomaban, hambrientos de limosnas. A doña Irene la rodeó enseguida una multitud ingente de menesterosos, pues eran conocidas sus proverbiales larqueza y generosidad.

En el corro de la caridad, se mezclaban entre sí mujeres con hombres, zagales con ancianos, santos con villanos.

De entre la masa, en determinado instante, hasta se le acercó también con atrevimiento un varón barbudo, de descuidado atuendo y amenazante figura, cual una alargada y fúnebre sombra. Su porte y ademanes, pese a ello, destacaban de los de los demás por el rasgo de su altanera seguridad y el eco de una antigua prestancia. Doña Irene frenó su osada aproximación de inmediato, con una mirada profunda y franca. El hombre se paró en seco. Entonces, ella, conmovida, lo reconoció.

-¡Don Alfonso! ¡Sois vos, vos en persona! -exclamó, asombrada.
-El mismo que viste y calza. Excusad mi aspecto -ratificó él.
-¿Estáis bien? ¿Venís herido? ¿Cómo os presentáis de esta guisa? ¿Os encontráis sano y entero? -preguntó, inquieta por la lastimosa apariencia del gallardo mozo.
-Sano y entero para vos y sin menoscabo

alguno. ¡Para serviros! -replicó ufano el varón, al advertir en ella una sincera preocupación por su estado.

-¡Gracias al cielo! Llegaos, pues. Acercaos a mi vera. Y contadme de vos…

-A eso vengo y, por eso, ni me he ocupado en adecentarme. La prisa por hallarme a vuestro lado me urgía. Disculpad mis melenas y barbas, mi falta de afeite. Pero el deseo corría en mí más que mis modales de caballero -se excusó, avergonzado, inclinándose cortés.

-¿Qué importa eso ahora? Referidme todo lo que os ha acontecido, amigo -le justificó ella, apremiándolo.

-Todo ni puedo ni debo, doña Irene. Pero, en cambio, voy a la substancia y a lo importante. Vengo a deciros que quiero pretenderos. Desde que os vi en los jardines, no he dejado de pensar en vos, de imaginaros entre estos muros, de anhelar volver a hallarme junto a vuestra sonrisa.

-También yo me he acordado de nuestros encuentros, don Alfonso. Y os confieso que, desde entonces, os he echado mucho de menos —concedió, a su vez, la dama, con modestia.

-Pues aquí me tenéis y os ruego aceptéis que os frecuente, de ahora en adelante, de manera formal y pública, con asiduidad. No sabría separarme de vos... Traigo, a este fin, los mejores propósitos.

-¿Qué propósitos?

-Como os decía, ante todo, el de buscar vuestra compañía y cultivar vuestro trato de un modo declarado. Y, si algún día fuera posible, para mi dicha, desposaros -adelantó, atrevido, él.

-Me honráis con vuestras intenciones, que no merezco. Tratémonos, sí, ante las gentes y sin ocultamientos, según me pedís; que, como os he revelado, mi corazón siente la llamada del vuestro. Pero, ahora que os halláis sano y salvo, ¿no pensáis retornar pronto a vuestras posesiones en Aragón y abrazar a los vuestros? Allí, ellos a buen seguro que os aguardan con inquietud.

-Sí, claro. Así lo haré, en cuanto pase despacho con don Benito y el rey. Entonces, partiré donde los míos. Pero, antes, quería haceros partícipe de mis planes, que tienen que ver con vos y vuestro nombre –"Irene"-, y que son estos…

Después, don Alfonso expresó a la dama lo que proyectaba. Quería cambiar las armas por las letras, al menos durante un tiempo ("Irene" significa "paz" en griego). Los conocimientos curativos que iba a trasladar a don Benito habían hecho mella en él. Aspiraba a estudiar medicina cerca de la corte de Madrid, a fin de no alejarse de doña Irene. En concreto, en la Universidad Complutense de Alcalá de Henares. También, contaba con visitar a menudo

el monasterio, y acudir con esta excusa a
verla, aparte de consultar los libros de
este tema guardados en sus estantes.
Luego, si ella lo consentía y aceptaba, se
casarían. Y ambos acompañarían a Felipe
y su corte, gracias a su calidad de médico
real, allá donde este fuera, como fieles
súbditos suyos, al servicio de su cámara
privada.

Anhelaba convertirse en un libro
viviente de medicina y, de este modo,
ayudar al rey, de paso que rectificaba el
fracaso de su intento. En señal de esta
vocación, le traía a ella, a manera de
obsequio, una pequeña cruz copta, de
figura romboidal, procedente de Etiopía,
que significaba la vida y la salud del alma
y del cuerpo. Pero la dama declinó el
regalo, y le instó a que la conservara
sobre su pecho como símbolo de su
nuevo oficio.

Tras escucharle, con los oídos y aun más con los ojos, doña Irene se mostró muy complacida e ilusionada. Un besamanos, tierno y respetuoso, selló su fugaz diálogo, en aquella esquina del ancho patio. Los pobres se habían apartado unos metros de ambos, al tiempo que aguardaban el desenlace de la conversación. De esta forma, les cubrieron ante la curiosidad e indiscreción ajenas, obrando cual un telón protector que los guardó de las miradas de los restantes cortesanos.

Esa clara mañana, en fin, una página nueva de nuestra historia empezó a escribirse.

CONFESIÓN DE MI IDENTIDAD

Llegados a estas alturas de nuestro relato, confieso ya en este exacto punto mi identidad; esa que, en un principio, me reservé.

Supongo que habrá quien la haya sagaz descubierto. En varios lugares he ido dejando pequeños rastros de la misma, esparcidos a lo largo de esta narración.

Aquí está, al fin, a las claras, blanco sobre negro: no soy otra que la biblioteca, la real biblioteca del monasterio de san Lorenzo de El Escorial.

Desvelado el misterio, no sorprenderá que varios pasajes de esta historia hayan transcurrido precisamente en mi interior. De ahí que los incluya mi crónica, pues yo misma los he presenciado, ya que he asistido a ellos como testigo ocular, en primera persona. En cuanto al resto de los que consigno, sus ecos simplemente han ido llegando hasta mis paredes.

Hoy, celebro contenta el curso de los eventos que nos han ocupado. Esto, ya que han conducido a don Alfonso a visitarme con frecuencia y a pasar largos ratos entre estos anaqueles míos.

Desde hace tiempo, movido por su pasión hacia el oficio de la medicina, acude a este sitio y se adentra fervoroso en mi interior. Devora más y más libros, dedicados al arte médico, como algún curiosísimo códice árabe que atribuye utilidad curativa a ciertos animales, o el reputado *Lapidario*, que combina astrología y

mineralogía con este mismo propósito.
También, mantiene animadas charlas, en
torno a los mismos, con fray José y con
don Benito. A estos, les agrada enorme-
mente su afán de leer y de aprender, así
como su amena y discreta conversación.

A menudo, estas visitas logran el
regalo de sus entrevistas con doña Irene.
Los dos amantes van, de esta manera,
paso a paso, conociéndose mejor y
creciendo en su recíproco afecto. En
cuanto los estudios del benjamín de los
Alhama concluyan, proyectan unirse en
matrimonio. Ellos dos, sus familias, el
mismo rey y aun la corte entera se
regocijan ya viendo ese momento.

Concluyo, satisfecha con tanta
grata noticia, consignando ahora un
postrer dato. El de que cierto cambio o
transformación notable parece ir
teniendo lugar en el joven. Esto ocurre a

medida que avanza su saber en la útil ciencia de Hipócrates. Y es que se ha sosegado su impulsivo temple, ha madurado su carácter y la virtud de la prudencia corona su aquilatada, serena personalidad. Todos atribuyen al progreso de sus estudios esta mutación, y la juzgan natural. Esto se debe a que él solo a doña Irene le ha desvelado las causas más íntimas de su evolución interior.

Una tarde, entre los cueros de los libros que guardo, le escuché hablar con ella precisamente de este mismo asunto:

-¿Sabéis que dicen que he cambiado y que me muestro, hoy, mucho más tranquilo y apaciguado? -le preguntó.
-Lo sé, y hasta yo misma lo creo así. Se rumorea que se han apagado o atenuado los fuegos en los que os abrasabais de continuo. Aunque, por mi parte, confío que ello no comporte un enfriamiento de

vuestro ardor y deseo con respecto a mí…

-La llama que abrasa mi alma está, os lo aseguro, más viva cada vez que os miro y que os escucho. ¡No, no! La que se ha moderado, dentro de mí, es otra hoguera, una muy distinta.

-¿Cuál puede ser? -interrogó ella.

-Creo que la de los anhelos temporales por la gloria y los bienes de este mundo. En mi viaje tras el libro que buscaba, aprendí de labios de aquellas lejanas gentes de Etiopía, y experimenté en carne propia, que las vanidades de esta vida no valen nada. Los sufrimientos que conocí, de mil variedades y formas, mientras estuve preso de aquellos piratas, me hicieron asimismo reflexionar. El caso es que me he convencido de que solo el amor, querida amiga, solo el amor, puede dar sentido a esta existencia nuestra. Lo demás no es sino paja y ceniza, polvo y caducidad.

-En eso, amigo, estamos de acuerdo. Y el blanco marfileño del cristo de Cellini, ante el que tan intensamente rogué por vos, me sirve de prueba.

-Vuestro pariente, don Francisco de Borja, también lo supo. Cuentan que, al descubrir los efectos de la muerte en su desfigurada emperatriz, se decidió a trocar su estilo de vida y unirse a los compañeros de Ignacio.

-¿Es que barruntáis, quizás, seguir sus pasos y haceros vos también jesuita?

-La compañía, señora, en la que quiero enrolarme y alistarme, de por vida, no es otra que la vuestra. Sois vos misma -replicó él, rotundo.

-Me tranquiliza escuchároslo, pues en esa misma compañía, solo que desde el lado que a mí respecta, es decir el vuestro, quiero yo militar e integrarme -afirmó, a su vez, la aludida, con una suave sonrisa.

-Así espero que sea y que la formemos muy pronto entre ambos. Pues, como os decía, he aprendido bien que únicamente la ternura y el afecto sinceros dan valor a esta vida nuestra, tan frágil, fugaz, vulnerable. La puerta de la salud, y me refiero a la salud más honda e importante, la del corazón, esa que con tanto afán y denuedo busqué para mi rey, resulta que se hallaba, para mí, en el lugar mismo desde el que emprendí aquel viaje. Sí, esa puerta está, en mi propio caso, ante estos ojos, ya que la tengo aquí delante.

-¿Dónde, en particular?

-¿Que dónde? Sabedlo y estad segura de ello, de una vez por todas: esa puerta de la salud, para mí, sois vos, vos en persona. No hay ninguna otra. Pero, además, pase lo que pase, lo seréis siempre. Sí, esa saludable y vivificadora puerta está en vos, en vos misma y en vos sola. En nadie más.

>>Por eso, un día, si el Todopoderoso lo permite, entraré por ella, por vos, y la encontraré. Encontraré la salud entera del

alma y del cuerpo, y no en los libros que hoy investigo, sino en vuestra persona. En cierta forma, ese ansiado día, amiga mía, me sucederá lo mismo que le ocurrió a Tobías cuando, tras orar con ella, se unió, santa y dichosamente, a Sara.

SEGUNDA PARTE

No hay nada más semejante a una biblioteca que una botica. Si en las estanterías farmacéuticas se guardan los remedios contra las enfermedades del cuerpo, en los anaqueles de las buenas librerías se encierran los específicos reclamados por las dolencias del ánimo

(Santiago Ramón y Cajal).

Introducción a la segunda parte

Supongo que ya puedo dar por concluida la primera parte de mi novela histórica. Esto, al menos, en cierto sentido. Me he empleado a fondo en ella estos últimos días, y el argumento ha tenido su presentación, su nudo y hasta su desenlace, según mandan los cánones en el drama clásico.

He cocinado mi relato con esmero. Primero, le he dotado de unas dosis de ambientación de época, a través de la descripción del contexto monumental en el que desenvuelven los hechos, el palacio-monasterio de san Lorenzo y, muy especialmente, su espléndida biblioteca. A eso, he sumado el ingrediente de unos personajes extraídos fielmente de su tiempo, como el rey

Felipe, don Benito Arias Montano, fray José de Sigüenza, los mercedarios, los turcos, los piratas, la Inquisición, Ignacio de Loyola, Francisco de Borja, etc. Le he añadido unas gotas de intriga o suspense, al situar en el centro de la trama la aventura del agente del rey y su busca del libro perdido. Lo he mezclado todo con una pizca de romanticismo, acompañándolo con el lance amoroso entre dos de sus protagonistas. He agregado, para darle tono y sabor cultural, las especias de alguna referencia artística ocasional –como el crucifijo de mármol de Cellini-, la alusión a la Universidad de Alcalá o la leyenda de los gimnosofistas. Hasta he cocido en el caldero estacional, el de la primavera y el verano, todo mi guiso. E incluso lo he aromatizado vertiendo en la olla el untoso aceite del paisaje de la sierra escurialense, el monte Abantos y la pradera de La Herrería.

El caso es que, todavía, mi paladar echa en falta algo, una hierba ausente acaso, un no sé qué…

Y eso, a pesar de que, siguiendo el consejo de Jaime, me he documentado mejor. Incluso he llegado, también, a dejar que cale en mí ese tiempo necesario, el tiempo de una lenta maduración interior, el de la maceración, por expresarlo así, que requerían mis lecturas. Esto lo he procurado a fin de alcanzar ese punto de exacto de cocción, nunca excesivo, con el que cualquier buen cocinero trata a sus materias primas.

Pero hay algo más. Y lo noto. Lo notaba ya, de hecho, especialmente, cuando se acercaba el término de ese primer segmento de mi narración. Como sucede con el agua de la lluvia que se filtra entre los dedos, a medida que cae sobre ellos al intentar retenerla, yo he sentido que a mi

relato se le escapaba un elemento huidizo
e inaprehensible.

A causa de la sensación anterior,
en cierto momento, al creer que el factor
extraviado consistía en ese colorante de
lo hondo y de las meditaciones personales de mis personajes, lo esparcí como
azafrán en el arroz de mi pasaje final. Lo
hice por medio de las supuestamente
aquilatadas consideraciones, que vertie-
ron los labios de mi protagonista
masculino, un soldado devenido filósofo
y médico tanto de cuerpos como de
almas. Pero mucho me temo que este
recurso no ha logrado sazonar ni salvar
mi plato.

¿Qué más tengo que incorporar a
la cazuela de mi novela histórica, para que
la sopa sepa a lo que debe? ¿Qué mágica
sal precisa mi receta?

La verdad es que no lo sé bien, aunque de pronto he caído en la cuenta de un principio esencial del arte culinario. Y es que, antes de servir lo preparado, conviene probarlo levemente, en persona, incluso ir paladeando cada ingrediente importante que se va incorporando al conjunto. Esto, en una novela histórica, consiste, ante todo, en saborear su época desde dentro, desde su interior; en ponerse uno mismo en el lugar y en el momento del devenir que arrastra a los actores.

Ahora bien, no basta, para lo precedente, con dibujar un esbozo de las líneas maestras históricas que marcaron lo que se vivió, los acontecimientos fundamentales que determinaron ese período. Hay que calar hasta el fondo el espíritu de la época, como diría Hegel. Hay que comprenderlo reviviéndolo, captando su orientación auténtica, su sentido. Deben desentrañarse, en cada relato

concreto de esta clase, las claves históricas que lo impregnan, el aire o atmós-
fera genuinos que envolvieron a sus
gentes. Y eso, yo, cual quijote que lanza
su cabalgadura a un paso demasiado apre-
surado contra los molinos, no lo he
procurado bastante. Me he quedado
francamente corto, como una lanza que
se tuerce en su último extremo, que se
dobla en la punta.

En realidad, un poco a imagen del
alma de los sujetos, los eventos históricos
tienen también la suya, su corazón. Y
quien escribe sobre ellos ha de acercarse
a su centro.

Así que, ¡allá vamos!, yo y mi
novela, al galope otra vez... ¡Quitaos de
en medio, elementos reacios de esta obra,
malandrines, felones y bellacos, que os
resistís a rendiros ante nuestros embates
literarios!

De esta forma clamo ahora, entusiasta, como se acaba de ver, en el inicio de nuestra segunda parte. Lo hago a semejanza de lo que acostumbraba a realizar el Caballero de la Triste Figura, en cada nueva salida en pos de aventuras, lejos de su casa y hacienda. Al rocinante de mi ilusión, le clavo punzantes las espuelas y le ordeno: ¡condúceme, sin tardanza, hasta el alma de quienes construyeron y habitaron el monasterio de san Lorenzo! ¡Adéntrame en las fauces de ese gigante!

CAP. I

I.- Habla una insignia

Soy una cruz, una simple y sencilla cruz de madera alrededor del cuello de alguien. Pero, a la vez, no resulto nada corriente; al menos, en estas latitudes. Tengo, de este modo, mi dosis de exotismo y de rareza. Sí, pues, aunque ahora habito en estas tierras, en realidad vengo de la lejana Etiopía.

Poseo otras cualidades que me hacen muy singular. Una se refiere a mi disposición exterior en forma de rombo, la que envuelve el resto de mi figura. De manera que, como cualquier cruz, represento el cruce de una línea vertical con otra horizontal; pero, a la vez, en mi caso, los cuatro huecos abiertos en mis ángulos interiores se ven ocupados por unos dibujos o filigranas decorativos que los rellenan, dándome así apariencia romboidal.

Por otro lado, mi origen constituye casi una excentricidad en este ambiente. Esto, por cuanto, aun constitu-
yendo una cruz cristiana, no respondo al
rito católico, que predomina en este
contexto. La confesión de las gentes que
me labraron es la copta.

Otro rasgo que me caracteriza
reside en mi peculiar significado. Dentro
de la cultura que me elaboró, transmito un
claro mensaje: el de la vida y la salud del
alma y del cuerpo. Por eso, se me puede
interpretar como una insignia o emblema
-no un amuleto o fetiche-, ya que encarno
el símbolo que señala la pertenencia de
mis portadores a cierta comunidad, la
comunidad de quienes buscan esa vida y
salud completas e integrales, la de quienes
aspiran a cultivar este sentido sanador en
la existencia humana.

Por último, quiero compartir contigo, con quien lees esta breve presentación, los motivos de mi presencia en el interior de este relato e incluso mi función en su seno. Y es que, a pesar de la humilde materia de la que estoy confeccionada –ni marfil, ni plata, ni oro-, tengo un enorme valor y no meramente simbólico. ¿Cuál?

Mi importancia radica en un cuello, el cuello de la persona concreta del que cuelgo. Pues quien me porta y exhibe ejerce la más noble y preciosa de las profesiones: la profesión médica. Esa en la que se distinguió Galeno, y que el propio Jesús desempeñó a menudo en el Israel de su tiempo y aun en la mismísima Jerusalén.

Tengo a orgullo, en efecto, servir a un médico, a alguien entregado a la hermosa vocación de prevenir la dolencia o enfermedad y de restaurar la quebrada salud de sus prójimos. Y, además, no solo eso. A la benevolencia y generosidad encarnadas por la tarea de mi poseedor, se suma la extraordinaria relevancia de su puesto. Sí, porque mi dueño no es otro que el médico del rey. El respetado doctor de todo un monarca; monarca, de hecho, dotado de un poder ingente y de una significación histórica enorme: el rey prudente, su majestad Felipe.

Ahora que he explicado mi carácter y naturaleza, y los de quien me honro en servir, no puede extrañar que se me haya encomendado proseguir este relato. Después de tocarle ejercer como narradora de esta historia a la incomparable biblioteca de El Escorial, el autor me ha escogido a mí, una pequeña y modesta cruz de madera, para que coja las riendas y continúe la tarea. Está claro que no aspiro a ponerme a la altura de mi predecesora, ni emular su belleza o su valor cultural e histórico. Pero, si no defiendo yo misma la elección de aquel que me ha encargado esta labor, quién lo hará…

Una buena razón, en favor de lo oportuno de mi designación, estriba en algo muy evidente: la cruz que pende del cuello del médico del rey acompaña a este vaya a donde vaya. De este modo, al igual que su galeno sigue al monarca, yo los sigo a ambos y me hallo donde ellos dos. Así, soy testigo presencial de muchos de los acontecimientos en los que se encuentran mezclados.

A causa de lo anterior, me atrevo a pronosticar que no se ha errado por completo al encargarme proseguir esta novela. Aunque, en realidad, no me corresponde a mí juzgar tal hecho. Lo decidirá quien, como tú, va a recorrer con sus ojos estas páginas; la persona a la que alcancen, esté donde esté, mis palabras. Pero, hablando de palabras, enseguida leerás aquí algunas muy particulares.

II.- Unas palabras entre dos galenos

Nos hallamos, al aire libre, en los elegantes patios de la Complutense de Alcalá. Es medio día y el sol ilumina las piedras labradas de las fachadas universitarias. Dos varones mantienen, en este soberbio escenario, una amistosa charla.

-Me alegra sobremanera nuestro encuentro en este docto espacio -expresa el que comienza a hablar.

-A mí también me complace mucho, mi estimado don Alfonso -confirma el otro.

-Fijaos. Por mucho que frecuente nuestra común "alma mater", siempre me sobrecoge su belleza. ¿No os sucede a vos lo mismo?

-Desde luego, también a mí me ocurre como decís -asiente su interlocutor.

-¿Sabéis? Mi admiración por estos lugares no procede únicamente de su solemne aspecto o de mi gratitud hacia los estudios que ambos cursamos a su sombra -sigue el primero.

-Sin duda, estos muros destilan ciencia y saber, como los profesores que los pueblan -comenta el otro, a su vez.

-¡Es claro! Pero a la belleza y la ciencia de nuestro templo universitario, se les agrega otra propiedad, querido amigo.

-Y ¿cuál? -pregunta, entonces, el segundo.

-Su unir, respecto a nuestro venerable arte médico, lo que nos lega la tradición con lo que brinda la modernidad -explica, conmovido.

-De nuevo, tenéis toda la razón. Aquí se han encontrado entre sí los saberes médicos de Salamanca y París con los de Bolonia, entre otros insignes rincones de este mundo. De modo que se cultivan tanto los aspectos filosóficos de nuestra ciencia como los prácticos. La filosofía natural, que se enseña en sus aulas, se enriquece con el estudio de la anatomía, por ejemplo.

-Y, esta última, hasta se complementa con el ejercicio de la disección corporal. A la vez que se instruye en la cirugía y la farmacia -abunda el que empezó.

-Siempre he estimado el esfuerzo por no atribuir las enfermedades y su sanación a causas ajenas a la naturaleza y a la ciencia -explica el otro.

-Yo, por mi parte, agradezco mucho el haber realizado prácticas de hospital durante nuestra formación en este sitio.

-El gran Cisneros erigió aquí, providente, desde luego, un centro magnífico en el venturoso año de 1499. Hoy, es toda una catedral de la ciencia que, a mi entender, está llamada a desarrollar su encomiable labor dentro y fuera de la Península e incluso allende los mares, en donde se crean ya, también, hospitales y universidades.

-Así es -ratifica el que lo escucha.

-Se dice que no improvisó al obrar de esta guisa. Parece que existieron antes unos Estudios generales, otorgados por carta de Sancho el IV.

-Bien pudiera ser… Pero disculpadme si, ahora, os interrumpo y corto un tanto vuestras sabias disquisiciones en torno a la historia y naturaleza de esta ilustre comunidad -se justifica.

-No os excuséis, que no resulta necesaria disculpa alguna, de vuestra parte, por hacer tal cosa —otorga, con un tono benévolo-. ¿Acaso deseáis que hablemos de algún otro asunto más de vuestro interés?

-En efecto -confirma, serio.

-Decid, entonces, que así se hará, tal y como gustéis mejor.

-Os lo agradezco. Deseo, es verdad, haceros una consulta y conocer vuestro parecer sobre cierta cuestión.

-Adelante, amigo y colega. ¿De qué se

trata? -le anima este a continuar-. ¿Qué os
preocupa y en qué puedo serviros?

-Veréis. Tengo una hipótesis, a propósito
de la utilidad de determinado tipo de
conocimiento, que me gustaría contrastar
con vuestro criterio.

-¿Cuál es? -pregunta.

-Según mi modesto entender, resulta
esencial que cada cual conozca sus
propios talentos y personalidad. Esto,
con vistas a orientarse a una actividad u
otra, a escoger una determinada
ocupación o senda en la vida. ¿Estáis vos
conforme con ello?

-¡Pardiez! Esa es, precisamente, la idea
fundamental a la que doy vueltas en mi
cabeza, desde hace tiempo. Hasta
proyecto escribir un libro, a este respecto,
que planeo redactar con mis propias
manos -exclama, con viva sorpresa, el
aludido.

-No os extrañéis de mi coincidencia con
vos en esto. Ya, en otras ocasiones, he-

mos conversado y divagado juntos, a propósito de temas parecidos. Así, cual sucede con los vasos comunicantes, vuestra imaginación ha vertido su rica sabia en la mía. He aquí la explicación. Es solo eso -le tranquiliza.

-¡Ah, pues claro! Suena sensato vuestro discurso.

-Estamos de acuerdo. Sin embargo, mi afán por consultaros no se limita a verificar si compartís conmigo o no la tesis que acabo de enunciar. Lo que me inquieta reside en un corolario suyo, derivado y conexo con ella, de gran relevancia médica. Lo precedente, como os acabo de confesar, lo he oído ya algunas veces de vuestros propios labios -continúa-. Mi duda estriba, además, en saber si concordáis o no conmigo en que, para curar, conviene conocer la personalidad del enfermo. No basta con estudiar en los libros, escuchar sus quejas, observar su mal, o incluso adentrarse en su doliente organismo. Antes de recetarle medicamento, hierba o tratamiento alguno, hay que explorar el interior de su carácter.

-Pues, según lo entiendo, lo uno se sigue de lo otro con naturalidad, tal como lo exponéis -ratifica.

-Bien. Pues he aquí que, junto a esto, os traigo también una segunda duda, una relacionada con la aplicación de nuestro principio a un caso concreto. Un caso que afecta, por cierto, a una persona especialísima, acerca de la cual os ruego me mantengáis el secreto.

-¿Y de qué paciente hablamos, entonces, si puede saberse? -interroga, curioso, el que escuchaba.

-No os oculto que se refiere nada menos que a nuestra majestad, el rey.

-¡Que reine muchos años, para nuestro bien! -se apresura este otro a exclamar.

-¡Así sea! Mas, escuchad, por favor, mi pregunta entera y al completo. Importa sobremanera el que yo reciba alguna luz, con vuestra ayuda, y logremos auxiliarle –dice el que plantea su consulta, antes de tomar aire y seguir-. Soy muy consciente de a quién se dirige mi cuestión. Nada menos que al hondo y agudo don Juan Huarte de San Juan.

-¡Dejaos de loas, hermano! -sonríe el adulado.

-Las que merecéis, ni más ni menos. Pero os formulo ya mi duda. Es esta: ¿creéis que, también en el caso de nuestro rey, a fin de cooperar a su salud, se ha de considerar, con pausa y detenimiento, de forma expresa, su personalísimo carácter? Al ser el personaje principal del reino, y aun de nuestro tiempo, son públicas y notorias las cualidades de su temperamento. Quiero decir, que las gentes las conocen de modo general, ya que andan sin cesar en boca de todos -pregunta, al fin, con interés.

-Querido don Alfonso, recojo cual guante

retador el desafío de vuestra duda. Celebro, asimismo, que me la hayáis trasladado con tanta modestia. Más, cuando os halláis tan cercano a su majestad y este, a su vez, tan bien cercado por sus doctores, entre los que no en vano os contáis, y por sus famosos protomédicos -responde, agradecido.

-Como os decía antes, sé que barruntáis desde hace años esta misma idea: la importancia de los caracteres en la vida y oficio de cada cual. De aquí, mi acudir a vos.

-Estoy cierto, y no me equivoco –asegura el apelado -que el conocimiento del temperamento y talante particular de las personas tiene una importancia decisiva. Por ello, querido don Alfonso, con vigor os recomiendo que pongáis en práctica este principio. Y que lo apliquéis, también, a la hora de tratar a nuestro rey. En cuanto a lo que anotabais, estoy convencido que no basta para esto un conocimiento superficial y sin peso. Antes bien, a mi parecer, se ha de calibrar con tiento cómo es, siente, piensa y con qué ánimo se toma lo que le acontece cada sujeto.

>>Mas, aunque sea el mismo monarca, y sus cualidades estén expuestas a la vista y opinión de tantos, lo que apuntáis no puede hacerse sin reflexión, sin una concienzuda y detenida reflexión. De manera que mi consejo y sugerencia, para vos, en esto, consiste en que observéis por vuestra cuenta y con los propios ojos. Luego, meditad con vuestra razón, y no la de otros, qué distingue o diferencia el carácter de nuestro rey y, así, ajustaréis a sus humores prevalentes e inclinaciones, cuanto emprendáis en provecho de su salud. He aquí mi consigna para vos.

-Comprendo, don Juan -aprueba el otro-. A buen seguro que no hay yerro en vuestro juicio sobre esto. Quedo, entonces, confirmado en mi intención.

Procuraré investigar el carácter del rey, estudiar su persona, sus humores y su alma. Mas, no de una manera descuidada o mediante la atención a simples habladurías u opiniones ajenas, sino a través de la observación y de la reflexión personal. Esta es, pues, mi voluntad y os la confirmo. Pero, ahora, tras haberos importunado con mis vacilaciones, y abusado de vuestra santa paciencia, tratemos de otros asuntos y menesteres menos sesudos y graves, si os parece.

-Lo que prefiráis será bienvenido -otorga, satisfecho, el que dio el consejo.

Después, ambos retoman, envueltos en un aire de mutua simpatía, su agradable paseo.

III.- Las cualidades de un médico

No voy a consignar, aquí, los méritos de mi portador. Los conoce bien quien haya llegado hasta este punto en la lectura. El joven Alfonso Benavides de Alhama nos ha acompañado ya desde la primera parte. Sus cualidades han aparecido, sin poder evitarlo, a medida que se manifestaban sus actos, a lo largo de las páginas precedentes. Sin embargo, cabe preguntarse si, además de las muchas virtudes que le adornan, según se ha visto, tiene o no nuestro protagonista también los exigentes rasgos que necesita un médico. Estos, como los saberes requeridos para ello, son desde luego abundantes, tal como expuso con detalle Huarte de San Juan en su *Examen de los ingenios*. Este mismo Huarte, por cierto, con quien acabamos de ver conversar amenamente a nuestro sujeto en los patios alcalaínos.

A lo anterior hay que agregar el valor inmenso de la estela de la tradición, en la que conviene hallarse instruido, a fin de beneficiarse de su fecundidad. Ahora bien, en estos lares, la medicina ha contado, desde antiguo, con personajes egregios, que han trazado una línea excelsa. Maimónides y Averroes constituyen solo dos señalados ejemplos de ello que, tanto en Córdoba como en muchos otros lugares, han dejado el inmortal reguero de su sabiduría.

No pretendo adular a mi dueño, en absoluto. Aquí no tendría sentido hacerlo. Pero, simplemente, adelanto que don Alfonso goza de todos esos elementos en su persona, y con largueza. Espero, solo, que den prueba de lo dicho algunos acontecimientos que, a continuación, se desgranan. Conste que no es la cercanía o el aprecio los que me impulsan a pensarlo así. Cuelgo sobre su pecho, noche y día, por supuesto; y el roce hace el cariño, según afirman. Sin embargo, insisto en que no es por devoción a mi dueño que he escrito esto. Lo mostrará enseguida el próximo pasaje, según creo. Así que… ¡vamos a ello!

IV.- Pobres, ricos y... médicos

Se ha contado que, de acuerdo
con la costumbre de la época, doña Irene
tenía sus pobres, y que estos le hicieron a
ella y a su galán de cortina protectora,
frente a los ojos y oídos ajenos, durante
su primer reencuentro. Pues bien,
también don Alfonso reunió en torno a
sí, muy pronto, un nutrido grupo de
estos.

Desde que emprendió el camino
de la vocación médica, nunca dejó de
socorrer, con su ciencia y su arte, a las
personas necesitadas. Era su talante
natural, entregado y generoso, lo que le
impulsaba. De manera que, en cuanto
culminó sus estudios en Alcalá, se dedicó
a atender al rey y a su casa; pero sin dejar,

por ello, de auxiliar a los enfermos que los rodeaban y que no podían compensarle sus esfuerzos en modo alguno, dada su carencia de recursos.

Alrededor del palacio-monasterio, solía congregarse una vasta multitud de gentes en busca de ayuda de toda clase, y eso incluía la de la medicina. Muchos padecían dolencias de los más diversos tipos y en grados diferentes. Había, entre estos, personas heridas, mutiladas y tullidas; otras, a su vez, sufrían de infecciones varias, llagas, enfermedades, etc. Es conocido que, desde el inicio, el rey mandó destinar un espacio para el cuidado de quienes, durante la erección de la fábrica, sufrieran algún accidente o daño. Luego, el monasterio y sus locales colindantes también siguieron ejerciendo esta función en su contorno. De entre los sabios y religiosos que habitaban el complejo monumental, aquellos que eran duchos en el arte médico se prestaban con frecuencia y gusto, desinteresadamente, a ello.

Don Alfonso resultaba ejemplar, al compartir su destreza en el curar sin distinción alguna de alcurnia, clase u oficio. Se la regalaba a todos, a diestro y siniestro, con prodigalidad, como quien ha recibido un don de lo alto, que no considera únicamente suyo, sino más bien destinado a ser proyectado sobre los demás.

Por todo lo comentado, he escrito en el apartado anterior que las cualidades que acompañan la personalidad de nuestro personaje, y sus propios actos, dan sobrado testimonio de su calidad moral y de su benévola personalidad.

Pero no vamos a limitarnos, aquí, a consideraciones abstractas a este propósito. Existe un sujeto particular que va a testificar cuanto se ha expuesto. Se trata de un niño, Juanillo, hijo de un vecino del Escorial. Este muchacho entabló con nuestro médico una honda relación, inspirada por la gratitud. Merece la pena dar cuenta de ello.

V- En cueros, ante el espejo

Me ha mandado un mensaje demoledor en su franqueza; al menos, para alguien tan sensible y suspicaz con sus propias creaciones como yo. Jaime ha hecho, a mi requerimiento, una breve radiografía de lo que llevo escrito en mi novela y, al verla, he sentido en mi carne lo punzante de su bisturí. Me veo como un quijotillo, pretencioso y ridículo, desnudo delante del espejo, espejo que en esta ocasión consiste en sus palabras, siempre honestas.

Supongo que me lo tengo bien merecido. Esto me pasa por lanzarme al sueño de autor y, a la vez, crítico de la novela histórica, sin miramiento alguno, cuando lo cierto es que esta no me necesita en absoluto. Me ha pasado como a don Quijote, cuando creyó redimir a los que tomó por cautivos, cuando no representaban otra cosa que galeotes y, luego, estos, al verse libres, cayeron sobre él y lo dejaron malparado.

Pero estoy dispuesto a llevar sus puntualizaciones con todo el humor que pueda, dadas las circunstancias. Yo que me suponía capaz de cultivar y depurar el género, a mi manera, veo ahora expuestas las vergüenzas de mi relato, no las de los relatos de los otros.

Como cura de humildad, ya que he trocado la condición de mi protagonista de militar en cirujano, y para aplicarme a mí mismo mi propia medicina, el tratamiento al que pretendía someter a otros, voy a consignar abajo la relación de defectos que mi censor ha confeccionado.

Aquí va la simpática listita... Viene acompañada por mi parte de una sonrisa, o mejor de una mueca de despiste, junto con un propósito de la enmienda, que quisiera poner en práctica en las páginas sucesivas. Así, dice el bueno de Jaime:

-Que, en el texto, falta añadir más miga o materia histórica.

-Que, en cambio, sobran adjetivaciones, aunque reconoce a la vez el esfuerzo que se hace por incorporar el lenguaje de la época.

-Que convendría desarrollar pasajes intermedios, que liguen entre sí los acontecimientos relatados.

-Que hay que aligerarlo de imprecisiones e inexactitudes respecto a determinados datos.

-Que debe detallarse más el contexto de los sujetos, tras estudiarlos mejor.

-Que, aun con todo, se agradece lo laudable del intento: lo escrito ha de mejorarse; pero contiene, eso sí, su punto de belleza e imaginación.

Por último, Jaime termina su análisis señalando que desiste de acompañarme en el proyecto. Esto, a mí, me parece un signo muy elocuente, que resume con contundencia su juicio. Yo no sé si su prevención obedece a lo avanzado del estado del relato y a su carencia personal de tiempo, como pretexta, o más bien a que juzga que él puede hacerlo bastante mejor, si se pone a ello, en solitario y por sí mismo. Seguramente, sea por lo que sea, lleva toda la razón al no consentir mezclarse en esta expuesta aventura.

En fin. Hay favores que matan, como se acostumbra a repetir. Le pedí sus comentarios más sinceros, y mi amigo me ha suministrado una recia y copiosa ración de ellos.

Es muy probable que, tras la nota de mi consejero en estas lides histórico-literarias, otro se hubiera desalentado y hasta habría aceptado la derrota. Pero yo no me rindo; un quijotillo de mi especie no deja de trotar tan fácilmente. Voy a seguir mi intento y con más bríos si cabe. Nadie nace sabiendo, reza el refrán. Y yo, a mi vez, tampoco he venido a este mundo, el de la novela histórica, con el oficio y la lección aprendidos.

Hasta he reunido los arrestos para apuntar en mi obrita sus críticas. No, no voy a esconder la cabeza en la tierra, igual que el avestruz. Al revés: haré de tripas corazón y de la adversidad oportunidad. Pero no tanto por modestia, sino por cumplir lo prometido. Desde el principio, he anunciado que no me conformo únicamente con escribir mi propio y peculiar ejemplar de novela histórica. Además, quiero añadirle, entre líneas, una

sátira burlona de las insuficiencias y
defectos que suelen filtrarse en muchas
obras de este género. No iba yo, entonces, a librarme de mi propio sarcasmo, la
verdad. Como un boomerang regresa,
tras lanzarlo, al lugar del que partió: aquí
está el instrumento, de vuelta, en mi
mano, la mano que lo lanzó y... ¡cómo
escuece y pica su mordedura! Aunque, en
el fondo, una reprimenda, a tiempo,
resulta preferible a hundirse en las arenas
movedizas de la auto-suficiencia.

Así que, después del ácido desen-
gaño, ya estoy de nuevo cabalgando. Lo
hago incluso más alegre y contento que
antes, ya que me sé escoltado por este
agudo escudero, este Sancho protestón y
sabio que representa la crítica amiga.
Mejor andar en su compañía, me parece,
que en la soledad de mi orgullo. En
consecuencia y por consiguiente, retoma-
mos nuestra historia de inmediato.

CAP. II

I.- Cuitas y quebrantos

Suelen afirmar los filósofos que la muerte y la enfermedad lo igualan todo. Que no hay humano a quien no alcancen, al cabo. Que ni las riquezas ni el poder ni la influencia logran detenerlas, de un modo definitivo, cuando llaman con apremio a nuestra puerta. Algo así, aunque solo parcialmente, va a verse reflejado en nuestro relato por medio de la figura del médico real. Pero escuchemos las palabras que, sobre esto, va a intercambiar con su mujer, esta tarde en que ambos conversan serios en el interior del carruaje que los conduce desde los bosques cercanos al complejo escurialense. El rosáceo tono del cielo que envuelve a su carroza, a sus propias figuras y a la dehesa entera, contiene en su crepuscular luz un vago presagio.

-Estoy muy preocupado; como seguro habrás notado, dada tu sagacidad -confiesa él.

-¡Desde luego! Llevas días de este modo, con un aire cabizbajo y apesadumbrado. Y creo que conozco la razón: la salud del rey -aventura ella, con tono seguro.

-Así es. No atraviesa por sus mejores momentos, la verdad. La gota se ha cebado en nuestro príncipe como un águila en su presa. Y no parece dispuesta a soltarle de entre sus garras -describe la situación el médico, con esta elocuente imagen.

-¿No puede hacerse nada?

-Algo sí. Pero poco, me temo. Ni todo el saber y arte médico de nuestro tiempo bastarían para librarle —se lamenta-. Algún alivio podemos todavía procurarle mis colegas y yo. Estos últimos meses, se ha intentado aligerarle un tanto de sus penas y dolores con nuestras lavativas, friegas, emplastos, curas, regímenes, sangrías, cataplasmas, bebedizos y ungüentos. Mas, el cerco se cierra ya inclemente en torno a él -vaticina, pesimista-. Ni san Lorenzo, ni cuantas reliquias atesora, pío, parecen esta vez bastarle para sacarlo con bien de este paso…

-¡Aguarda! -salta de pronto doña Irene, bruscamente, en su asiento-. Mira fuera. ¿Ves lo que yo?

-¡Válgame el cielo! Claro, claro…-, exclama él-. ¡Cochero, cochero! Detén la marcha al momento -ordena tajante al lacayo.

-Pero vuesas mercedes me encomendaron llegar antes del poniente al monasterio y que me apresurase. La tarde va ya muy de caída. No hay tiempo para escalas -protesta el hombre.

-¡Hacedlo sin tardar! -insiste la dama con energía.

-Sea, sea-, obedece, entonces, renqueante, mientras tira hacia sí con fuerza de las

riendas a los caballos, a fin de contenerlos
y grita… -¡Sooo!, ¡sooo! ¡Refrenaos!

Lo que vieron doña Irene y su
marido era a Juanillo, un zagal del pueblo
cercano. El niño estaba tirado a un lado
de la arenosa senda. Malherido e in-
consciente, en medio de un desmayo
cuya causa ignoraban, un reguero de
sangre manaba pujante de su costado.

II.- Los libros de una cruz

-¿Tiene una sencilla y desnuda cruz, como yo misma, libros en su interior? ¿Tú qué opinas?

-¡Vaya pregunta que haces más rara! Sin duda, no los tiene de la misma forma que yo, o sea no como una biblioteca. Y, menos aún, en el número y con la elegancia de la famosa biblioteca de El Escorial que represento.

-Pero ¿los tiene o puede tener? ¿Sí o no?

-Quizá... Por ejemplo, si se trata de una de esas cruces ampliadas, que incluyen en su contorno algún símbolo o personaje, y si allí aparece un libro; como sucede en alguna cruz agustiniana, etc.

-No. Ya. No me refiero a eso.

-¿A qué entonces? ¿A incluir libros solo en un sentido simbólico o metafórico?

-No. ¡Al alma de la cruz!

-¿El alma de la cruz? ¿Qué es eso?

-Simplemente, el espíritu que animó a sus artesanos, a quienes la forjaron o confeccionaron.

-¿El espíritu?

-Sí, quiero decir el mensaje fundamental que los inspiró y que quisieron representar en ella.

-Ah. Pues entonces tal vez sí. Si es que esas gentes que mencionas leyeron libros, claro. Seguramente, sus libros se imprimieron de alguna manera en su interior, y ellos a su vez proyectaron algunos de sus contenidos en los objetos que después realizaron.

-Pues, en ese caso, quiero dejar constancia en este lugar de nuestra novela –la novela que estamos contando ambas, tú como real biblioteca y yo como una modesta cruz-, que, dentro de mí, hay libros; al igual que te ocurre a ti misma. Los libros nos habitan a las dos.

-En ese preciso sentido, estamos de

acuerdo. Pero, y perdón por la impertinencia, ¿qué libros concretos son los que están en tu interior?

-Eso ya lo has dicho antes: los libros que leyeron quienes me tallaron.

-Claro. Pero ¿qué libros son esos, en concreto? ¿Puedes mencionar alguno, al menos? ¿O es que acaso ni tú misma los conoces?

-Soy una cruz cristiana. Ya lo sabes.

-Sí, eso lo sé. Lo has declarado cuando has tomado la palabra en este relato y me has substituido como voz narradora.

-Y copta.

-También lo has mencionado.

-Pues, entonces, no hay duda en esto. El libro que me puebla es, antes que ningún otro, el "libro de los libros".

-¿La Biblia?

-La Biblia. En efecto. Esa misma que albergo, dicho con todo respeto, dentro de mí.

-Muy bien. Si es así, déjame que te dé la

razón: tú también eres como yo, en cierto modo, una criatura habitada por libros, como cualquier biblioteca, como en el fondo cualquier persona que haya leído o a la que hayan leído libros.

-Creo que comparto tu última consideración, querida compañera en esta historia y a la vez soberbia e incomparable biblioteca del monasterio de El Escorial. Debe ser verdad lo que acabas de afirmar, ya que la Biblia constituye en sí misma toda una colección de libros.

-No me halagues tanto. Pero...: ¡convenido! Estamos las dos de acuerdo. Aunque, ahora, hermana de narración, no nos entretengas más con la justa reivindicación que has hecho de tu bibliófilo carácter. Prosigue de una vez tu relato, cruz copta. Que no te acuse nadie de entretenerte en discusiones bizantinas, cuando la felicidad y salud de un reino están en juego y pendientes de tu boca.

-Bueno, no sé si exageras con eso de que

un reino entero pende de mi relato y de que lo continúe…

-No, no exagero, que los reinos son de todos los que los integran, y el reino de los reinos pertenece a los más pequeños, según el libro que hemos acordado cobijas dentro de ti. Ese es, precisamente, el reino de los niños y de los zagales, de personas como el chiquillo acerca de cuya suerte nos has dejado, hace un rato, cuando interrumpiste esta historia, con la miel en los labios y la intriga a flor de piel. Ese que encontraron tu médico y su mujer en las praderas anejas al monasterio, desangrándose. ¡Vamos, no te hagas la interesante! ¿Qué fue de él y de nuestros protagonistas?

-Fue lo que, exactamente y enseguida, contaré a quien lea. Presta atención.

III.- Un paciente inesperado

Lo había embestido a la carrera un jabalí, impetuoso y de afilados colmillos, en cuyo camino se había interpuesto el muchacho sin caer en la cuenta. A buen seguro, el ejemplar escapaba de alguna partida de caza. En La Herrería, al atardecer, no era extraño ver a estos animales, que descendían del Abantos para beber, por lo que frecuentemente se celebraban batidas. La mala suerte del chico había hecho el resto.

El médico se aplicó con denuedo. Ni al mismo rey hubiera prodigado mejores cuidados. El aspecto humilde y pobre del crío no le contuvo a la hora de ocuparse con todo celo de salvarlo. Por fortuna para el mozalbete, llevaba consigo algunos de sus instrumentos de trabajo y el corte no resultaba profundo. Poco a poco, la criatura volvió en sí y se restableció un tanto de la contusión. Don Alfonso desinfectó la herida y frenó la hemorragia con unos paños y vendas.

Sin embargo, no fue suficiente con intervenir en el mismo lugar del suceso. Hubo que conducir al afectado al real sitio y buscarle aposento apropiado, donde seguir atendiéndole. Émulos del buen samaritano del Evangelio, el médico y su mujer lo alojaron en una cámara de su propia residencia.

Mandaron llamar a sus familiares. Era gente modesta, que se ocupaba en tareas vinculadas con la real fábrica. En concreto, el padre desempeñaba el honesto trabajo de oficial y jefe de canteras en una experta cuadrilla que proveía de piedra y material a las edificaciones. De hecho, fue uno de los pocos responsables de obra que no se amotinaron durante el afamado episodio de la revuelta de los canteros.

No tardó el chiquillo en recuperarse y tanto sus parientes como él mismo quedaron muy obligados a don Alfonso y doña Irene. Como vivían en el pueblo del Escorial, no había día en que no se llegara al palacio a saludarles. Les hacía mil gracias y reverencias, y hasta les llevaba algún regalito hecho de sus manos. El niño era muy hábil y, al igual que su progenitor, tallaba con una destreza artesanal la piedra.

El matrimonio se hizo, en fin, muy amigo del mozalbete. Este se ufanaba, continuamente, acudiendo a su presencia y brindándoles múltiples servicios. Ellos se mostraban contentos en su compañía, y correspondían a sus gestos con una acogida tierna y solícita.

CAP. III

I.- El sueño de un médico

Esta mañana, en esta misma y temprana hora, don Alfonso se dirige, con ánimo renovado y paso decidido, hacia la más lustrosa biblioteca que se ubica en el monasterio, aquella cuya voz ya hemos oído y que, como sabemos, llaman la laurentina. Va en busca de un sabio y diligente servidor del rey, personaje del que aquí se ha tratado antes. Enseguida, lo halla doblado sobre unos legajos, desentrañando su lenguaje y, de nuevo, junto a una de las ventanas del recinto. Del otro lado del vano, se deja ver el azul claro y diáfano del cielo escurialense.

-Fray José, ¿tenéis un rato para atenderme? Perdonad que interrumpa, sin avisaros antes, vuestros provechosos trabajos en esta nave hecha de libros y de pliegos. Pero es que os traigo una inquietud y, con ella, al tiempo, una posible medicina para ella -comienza nuestro médico.

-¡Por descontado!, querido don Alfonso —replica, con afecto, el religioso-. Sobran las excusas en este caso. ¿Cómo no voy a recibir con gusto la visita, entre estas tintas y pergaminos, del docto médico de la real cámara, el noble hijo de los Benavides y el tierno amigo que se unen en vuestra persona?

-Os lo agradezco. Veréis... -da inicio el joven a su discurso-. La inquietud que me trae ante vos de cierto que ya os la imaginaréis.

-Es la salud de su majestad, sin duda. Tal como corresponde a quien ejerce vuestro sagrado oficio en su servicio -adelanta el fraile.

-Desde luego. Ahora bien, esta noche, cuando me hallaba en el lecho, a través de un vago sueño, ha venido a mis mientes

una idea. Esa es la que deseo compartir
con vos y someter a vuestro prudente
criterio.

-Los sueños pueden ser puerta para la
vida y la salud. Esa misma puerta que no
ha mucho corristeis a encontrar en un
libro. Esto, al menos, cuando se los
interpreta rectamente, don Alfonso
—acota el buen erudito-. Así lo prueban
tanto el casto José, a quien sus propios
hermanos vendieron envidiosos y que
acabó acogiéndoles en Egipto, como el
devoto y santo José, padre del Redentor.
-¡El cielo lo quiera! En cualquier caso,
antes de exponer la idea, debo contrastar
con vos los principios sobre los que
asienta – sigue el galeno-. Son estos…

A continuación, el de Benavides
explica al padre Sigüenza que él basa su
arte curativo en un fundamento: el de
que, antes que enfermedades, lo que
existe de verdad son los enfermos. En

otras palabras, curar reclama conocer a cada paciente particular, adaptarse a su caso concreto y ajustar el tratamiento a su persona. También, por descontado, ha de tenerse en cuenta la personalidad del sujeto; en esta ocasión, la del propio rey.

De acuerdo con el principio anterior, el joven comenta a su interlocutor que viene, desde hace tiempo, estudiando a fondo el carácter de Felipe y su salud. Y que el monarca no constituye ese príncipe severo o cruel, falaz y retorcido, amén de fanático y supersticioso, que la leyenda negra, extendida por sus enemigos, quiere hacer creer. Lejos de esto, el rey posee un ánimo reservado pero ecuánime; serio, mas templado, y sin duda especialmente contenido. No representa ese tirano sin clemencia que algunos pintan para su desdoro. Su talante circunspecto conduce a muchos a tenerlo por frío e inhumano, en contra de su auténtico ser. Tampoco, puntualiza el galeno, esto significa que encarne al príncipe perfecto, claro está, pues no lo hace ninguno, y adolece asímismo de sus propias debilidades, según atestiguan ciertos devaneos de mocedad. Estas fragilidades se entremezclan con ciertos hechos luctuosos de su pasado, como las pesadas cargas y compromisos que ha asumido desde su nacimiento, las rebeliones que ha debido sojuzgar con mano de hierro, las oscuras conspiraciones y traiciones que le han cercado, las frustraciones sufridas por sus armadas y empresas, las continuas desgracias familiares que le han afligido, etc. Al ignorar su ser más genuino y la influencia de estas vivencias, algunos juzgan que su espíritu es agrio de suyo y por naturaleza, cuando en realidad lo que prima en él consiste en la gravedad, gravedad que le ha impuesto su exigente existencia. Sin embargo, termina don Alfonso, este rasgo no se halla reñido con otros más suaves, como la benevolencia, y sobradamente lo han atestiguado algunos de sus hechos; por ejemplo, su reconocer de forma pública a su hermano bastardo, Juan, y otorgarle delicadas responsabilidades.

El jerónimo, tras escuchar estas reflexiones, las corrobora en parte, si bien, todavía se muestra más benigno a la hora de evaluar el carácter de su admirado rey. Con tono solemne, afirma que el dictamen final sobre su temple no corresponderá ni a sus amigos ni a sus adversarios, sino al juez supremo y al legado histórico que deje a la posteridad. Sentado lo anterior, y con el acuerdo del religioso en lo substancial de lo comentado, el médico pasa a adentrarse, a su turno, luego, en otras peculiaridades de su paciente.

Enseguida, le cuenta que ha

comprobado que existe un remedio, ya puesto en práctica con el rey, por parte de otro de sus médicos, que alivia y remedia en parte la aflicción provocada por la gota en su singular proceso. Se trata de los baños templados. Este procedimiento, de acuerdo con don Alfonso, además, se ajusta muy bien al tenor personal de Felipe. Gracias a un aquilatado análisis de los humores e inclinaciones del paciente, el médico ha llegado a la conclusión de que este es el tratamiento que mejor se adecúa a su temperamento.

A partir de aquí, le comunica su idea, la que su sueño le ha ayudado a madurar. Resulta que, en su viaje a Etiopía, él mismo se adiestró en el uso de factores naturales para la curación de dolencias. Y que conoce un elemento de esta clase que, de sumarse, podría incrementar el efecto beneficioso de las lavativas, friegas y baños con que acostumbra a tratarse al rey de su gota.

Fray José, ante esta revelación, se muestra tan entusiasmado como su visitante. Y, entonces, el alborozo, que los invade a ambos, inunda el ambiente. Se nota que los dos sienten un afecto y cariño sinceros hacia el monarca. Pero lo mejor del descubrimiento, está todavía por llegar...
¿Qué elemento natural es este que el médico de cámara juzga medicinal para el mal de Felipe?, se pregunta el bibliotecario. Y la respuesta lo deja pasmado: sencillamente, "el agua".

Pero el agua ya se le administra, recuerda el fraile, puesto que es con ella lógicamente como se conforman los baños templados, en los que se le sumerge. ¿Qué novedad, entonces, puede aportar este reparar ahora en ella?

La solución a esta cuestión le deja perplejo y devuelve la esperanza a sus ojos, que se habían nublado con la decepción transitoriamente.

Como señor de Alhama, el caballero tiene noticia de un manantial muy especial, uno que precisamente albergan sus dominios. Se trata del que dio lugar a los famosos baños moros de esta localidad, desde tiempos inmemoriales. Estos se nutren de un agua salutífera, mineralizada, que posee unas cualidades excepcionales. Esta agua, sin duda, confirma el noble, coadyuvaría a intensificar la bondad del tratamiento aplicado al rey.

Tras esta conversación, el galeno y el jerónimo acuerdan un plan conjunto y la consiguiente partida del primero a sus tierras. Allí, se proveerá del líquido medicinal, mediante cueros, barriles e incluso, si fuera menester, tinajas. Luego, lo transportará en carros hasta el real sitio, para que este colabore a la mejor salud de Felipe.

Fraile y médico se muestran exultantes. Aunque nada está aún asegurado, al fin, una senda prometedora parece abrirse de cara a la sufrida dolencia de su rey. Van a pedirle audiencia de inmediato y, a la par, con objeto de no dilatar su empresa, concuerdan adelantar ya los preparativos necesarios.

Por mi lado, yo, una humilde cruz de madera, colgada del cuello, he sido testigo accidental de esta escena. Y, mientras la consigno, no puedo dejar de juzgar que ha estado llena de dos notables propiedades: la diligencia y la amistad.

II.- Agua de balneario y agua bendita

El agua de Alhama de Aragón ha llegado al monasterio, sobre varios carromatos, comandados por nuestro médico, precisamente en este día de san Diego de Alcalá. Esta circunstancia alegra mucho al monarca, que interpreta la coincidencia como un signo de la divina providencia. Es conocido que una reliquia de este mismo santo ayudó en el pasado a curar o, al menos, paliar, durante cierto tiempo, las heridas provocadas en su hijo Carlos por la caída de este en la escalera de su palacio alcalaíno.

Por mi parte, tengo este gesto del destino como la viva encarnación de un rasgo del rey que, a la vez, lo es de la época en que le ha tocado vivir. Casi considero que tal rasgo representa la clave con la que comprender su tiempo.

Sí, pues la aventura integra lo profano y lo sagrado, lo natural y lo divino, la ciencia y la fe, a partes iguales. Esto, en su esencia y, también, en el interior de nuestro Felipe. Lo hace, si nos fijamos bien, porque supone, primero, confiar en un recurso material de cara a lo médico. No se conciertan, aquí, hechicerías y conjuros. Los baños templados han demostrado con hechos fidedignos su eficacia, respecto al padecimiento de gota de Felipe. Por otro lado, las propiedades saludables del agua concreta, que aquí se ha traído, se hallan probadas sobradamente por una experiencia secular.

De manera que, a semejanza de su siglo, el rey manifiesta, al participar con gozo de la iniciativa, su apertura al conocimiento, a las artes, a las ciencias. Lo que corresponde, al cabo, a todo príncipe instruido y conocedor del esplendor del Renacimiento. Ese es su sino y el de su momento. Desmiente, así, a quienes le toman como un caudillo obscuro, retrógrado e inmovilista. De hecho, en realidad, esto ya lo han testimoniado otros afanes suyos, como su decidido fomento de la ciencia matemática, visible de muy diferentes formas y en abundantes rincones de San Lorenzo. O, muy en especial, la ingente e ilustre aspiración de acopiar, entre estos muros, la mayor y más completa biblioteca del mundo.

Junto a lo anterior, existe otra señal de la estima hacia la ciencia y el saber por parte de Felipe. Esto la ha propiciado, sin duda, su frágil salud —eso es cierto-. Y se encuentra en su afecto sincero a los médicos. Siempre los recluta, manda buscar y agrupa en torno de sí, interesado en su ciencia y habilidades. Son decenas los nombres de estos que han llegado a contarse, a lo largo de los años, entre las filas que integran el pequeño ejército de galenos al servicio de la cámara real. Siendo tantos, por cierto, no sorprenderá que solo se adentren a la vez en dicho ámbito, cuando procede socorrer a su dueño, unos pocos; mientras que el resto aguarda fuera, hasta más tarde reunirse en cónclave y tener su colectiva consulta.

Quede constancia de que no se trata de meros curanderos ni matasanos, tan al uso en otros lugares; sino de estudiosos y letrados, de bachilleres, licenciados y doctores por Salamanca, Valladolid, Alcalá o muchas otras academias y centros de prestigio. La prueba de esto se encuentra en la inclusión, en esta selecta falange de sanitarios, de personas del renombre del afamado maestro Mena o el divino Vallés.

Los hay venidos de todas las provincias y rincones del planeta, por lo que se expresan en cuantas lenguas se hablan en la tierra. De este modo, comparten su enorme diversidad con los libros que enriquecen las estanterías de la gran biblioteca. Sobre este particular, debe repararse que, ya solo por lo que respecta a los volúmenes consagrados a la medicina, la laurentina reúne ejemplares escritos en griego, latín, arameo, hebreo, árabe, turco, persa y en multitud de lenguas romances. Hasta cuenta con obras de este tipo redactadas en hebreo-aragonés.

El saber y la ciencia médica que nuestro rey atesora, por lo tanto, no se deposita únicamente en los magines y mentes de sus sabios. También reside y se aposenta en la abigarrada colección de tratados que reposan en los interminables anaqueles. En ellos, solo como ejemplo, se guardan las más conocidas páginas a este respecto de los antiguos árabes y hebreos, las de Avicena, Averroes, Maimónides, Avicebrón, etc. Pero no es exclusivamente del pasado de donde se alimenta esta apretada cohorte de médicos, que acompaña siempre a nuestro monarca. Muchos de sus servidores, a este propósito, siguen las modernas prácticas de los más adelantados del orbe, y son duchos en el saber de Vesalio y de Paracelso, a la par que manejan la farmacopea, la botica y la confección de medicamentos. La ciencia, de una u otra forma, rodea a nuestro rey, se diga en contra de esto lo que se diga.

Ocurre, sin embargo, que, en cuanto hombre de probada virtud cristiana y de fe, además de entregarse a los cuidados de los médicos, no deja de confiarse también a la religión y a lo que esta pueda aportarle. Por esta causa, en medio de sus dolencias y padecimientos, recurre asimismo a sus veneradas reliquias.

Cierto es, sin duda, que con harta frecuencia acude Felipe al auxilio de los restos de los santos, y que los manda traer a su lado. También que, en su aflicción, se apoya en rezos, misas, procesiones, actos de piedad muy variados, y que hasta él mismo ora con fervor. Pero esto resulta de su formación, su talante profundo y su devoción personal. En definitiva, Felipe integra fe y ciencia; acopia saber y religiosidad. Constituye, en conclusión, un hijo de su era y devenir.

A mi criterio, podrían muy bien representarse el ser y su naturaleza de mi rey, al igual que los de este preciso momento histórico, con la imagen de una silueta. ¿Cuál? Pues, desde luego, la silueta de esta imponente criatura de piedra, híbrida de rezos y de libros, que se recorta solemne frente al Abantos. No hay mejor retrato del corazón del monarca y de su tiempo que esta esfinge, mitad residencia real y mitad convento; la que supone el monasterio-palacio de san Lorenzo de El Escorial.

III.- Un accidentado suceso

He omitido, en el capítulo anterior, dar cuenta de un portentoso suceso que parece a caballo de lo humano y lo divino, casi a partes iguales, a semejanza de nuestro tiempo y un tanto de las preocupaciones o caminos que se entrecruzan dentro del corazón de mi rey.

Ocurrió cuando, en medio del júbilo general, levantado por la llegada del agua medicinal, arribaron los carros a la explanada que se extiende frente la puerta principal del sitio. Allí aguardaban, alborozados a cuál más, la corte y el pueblo llano, expectantes ante su paso.

De pronto, uno de los caballos que tiraban del carromato se alteró,

fogoso y excitado, por la presencia
descuidada y ociosa de ciertas yeguas
cercanas. Y, súbitamente, se alzó sobre
sus cuartos traseros, mientras relinchaba,
encabritado.

Era tal la furia y nerviosismo de la
cabalgadura que se contagió a las
restantes, que formaban la fila de los
otros vehículos. De manera que los
depósitos en los que se custodiaba aquel
líquido precioso peligraban, debido al
bamboleo y movimiento. Amenazaban
con caerse sobre el camino y hacerse
pedazos, hasta derramar su valioso
contenido en la grava. El propio don
Alfonso, que trotaba en cabeza de la
comitiva, sintió la angustia de aquel
desgraciado percance. Toda la empresa
pendió, en ese instante, de un hilo y, con
ella, el buen fin de la aventura de mi
poseedor.

Pero he aquí que, de pronto, de entre la multitud, se adelantó brioso Juanillo, que aguardaba, como los demás, el regreso de su ángel de la guarda, el médico. Gritó alto una invocación a san Lorenzo —santo predilecto del rey-: "¡Vamos, amigos! ¡Por san Lorenzo! Hay que calmarlo". Y, después, se precipitó, con bravura, hacia el cuadrúpedo.

De haberse acercado él solo, de esta guisa, lo más probable es que el animal lo hubiera embestido y pisoteado. Pero le acompañaban a una sus colegas de juegos y andanzas: Juan de la Plaza, Diego —apodado el valiente -y Francisco Javier —que llevaba por sobrenombre el platero, por ser este el negocio de sus padres-. Todos se mostraron de una audacia y serenidad admirables, en el peligro.

Los chicos se aproximaron juntos

y con cautela, a la vez que con harto tiento al animal. Desde luego, ya se entendió por sus expertos gestos que solían hallarse sin empacho entre caballerías. Lo acariciaron y sosegaron mediante sus palabras y sus mansos cuidados. El bruto, al verse así tratado, con una intención tan suave y dulce como la de ellos, se calmó a poco y refrenó sus ardientes impulsos. Mientras, otros apartaban de su alcance las yeguas. De este modo, se contuvo su furor y lo airado de su reacción. Ese mínimo instante, lo aprovecharon los hábiles conductores de su carreta y los de las anexas para templar a sus respectivos corceles.

Superado el accidente, los zagales y el público apenas alcanzaban a disimular su regocijo. Toda la población, al unísono, como su rey, una vez enterado del lance, atribuyeron el feliz desenlace a una conjunción: la de la humana pericia y valor con la milagrosa intercesión del santo.

De nuevo, quedó retratada, en esta asociación de las artes humanas y las divinas, nuestra época, una época compleja y de contrastes, de luces y sombras, de héroes y villanos, de glorias y derrotas. Una época, en suma, hecha de claroscuros, tiniebla y resplandor, que señala el fin de unos tiempos y el comienzo de otros, que anuncia así sucesos venideros en los que esos contrastes y aun contradicciones llegarán al extremo.

A semejanza suya, se había forjado, en medio de innumerables dichas y adversidades, dentro de su pecho, el alma prudente y mesurada de nuestro rey, del rey que lo fue de un mundo entero.

CONSIDERACIONES DE UNA CRUZ

Ni las aguas de todos los balnearios de la tierra habrían bastado para salvar a Felipe de la visita de la dama de la guadaña. A ella no le importan linajes ni poderíos, alcurnias o merecimientos; no hay nadie al que se olvide de segar su instrumento. Ni sus religiones o devociones ni sus sabios y médicos, ni sus ejércitos o su oro, libraron al rey del último trance que, además, resultó verdaderamente penoso. Murió, pues, entre cirujanos y reliquias, tal como había vivido al menos una parte de su existencia.

Ciertamente, la balsámica agua de los manantiales de Alhama cooperó a suavizar en algo los rigores de su gota y artrosis. Pero, al final, las incansables parcas le alcanzaron. Eso sí: pudo aún elegir el lugar de su tránsito al otro mundo, ya que, sabedor de su fatal estado, hizo que lo transportaran a San Lorenzo para morir. Los galenos, contra su deseo, le desaconsejaron este desplazamiento. Pero, según cuentan, con cierto humor ceniciento, él replicó que, de un modo u otro, vivo o muerto, iban a tener que llevar su cuerpo al monasterio, pues a la postre deberían trasladarlo a su sepultura, así que más valía hacerlo ya.

Al cabo, según él mismo había previsto, sus restos se reunieron con los de su padre, el emperador Carlos, y hoy reposan entre los fríos aunque colosales mármoles del panteón real. Allí pueden encontrarse, hasta ahora, descansando en el interior de ese solemne mausoleo, labrado en las entrañas de El Escorial.

Antes de eso, sin embargo, el rey tuvo tiempo para realizar las disposiciones testamentarias y familiares propias de su última hora. En medio de sus llagas, se despidió de sus hijos, realizó las recomendaciones precisas y hasta preparó su alma con detenimiento para la partida, tal como correspondía a un monarca de sus creencias religiosas. Accedió a los sacramentos, escuchó las prédicas postreras y se hizo leer textos orientados a este paso.

Por lo que respecta a nuestra historia, bastante antes, alcanzó a mostrar su gratitud al de Benavides y su esposa. Incluso dio pruebas sobradas de su generosidad hacia los mozuelos que habían protegido, mediante su audaz intervención, aquel cargamento medicinal.

(...)

Estos son los hechos con los que concluye, al fin y a la postre, el presente relato. Con ellos, también, acaba mi labor: la de narrarlos y ponerlos sobre blanco. Aunque, a pesar de eso, todavía quiero añadir, para cerrar mi cometido, algunas líneas.

Como cruz de austera y sencilla madera que soy, solo apunto ya que no aspiro a rivalizar en riquezas con mi opulenta y señorial antecesora en el uso de la palabra, la real biblioteca. Pero sí, en cambio, la desafío en lo relativo al valor de mi propia parte del relato. A ella han correspondido viajes a tierras exóticas, románticas confesiones, lances con piratas, gloriosas gestas y capturas de pendones; a mí, en cambio, me han tocado la fiel afición de un médico a su oficio y un muchachito valiente, de llana condición.

Sé que habrá quien, al leer ambas partes de esta historia, prefiera más una que otra. Allá cada cual con sus gustos y elecciones. No pretendo restarles mérito alguno ni a mi predecesora ni a su narración. Pero yo defiendo mi propio turno y parte. En estos, han brillado la bondad y la sencillez, frente a otros valores y grandezas. Que escoja cada quien, con libertad, según su propia querencia, qué parte de esta historia le resulta menos imperfecta. Y ya, para terminar, como se dice al final de ese otro libro -el Quijote-: "vale".

TERMINA MI NOVELA HISTÓRICA

Ya está. He concluido mi
propósito. Al final, lo he hecho en solitario, pues han sido dos, no cuatro, las
manos que han escrito esto.

No voy a entrar en valoraciones
del resultado, que esas armas las carga el
diablo. Normalmente, contra el mismo
que las saca a pasear. Y, así, enciende en
su interior la hoguera del orgullo, que
tanto le gusta.

Sin embargo, aunque no entre en
juicios, no quiero acabar sin una breve reflexión auto-crítica. Es la que corresponde a quien, como yo, quiere reírse de
sus propios intentos y caricaturizarlos.

Se habrá visto que, durante la segunda parte, he pretendido bucear en el
sentido del tiempo histórico en el que se

han situado los hechos. Buscaba de esta
forma librarme del auto-reproche que yo
mismo lancé contra la primera sección.

Para conseguirlo, estas últimas
páginas han disertado en ocasiones sobre
la ambigüedad de la época aludida, y
hasta se ha diseccionado un poco el alma
del período. He ligado, además, esa tarea
a la de ahondar en lo profundo del rey
Felipe. Y he conectado ambas almas, la
del monarca y la de su tiempo.

Perseguía dotar a mi novela de un
sentido verdaderamente histórico. Esto,
más allá de las descripciones de ambien-
tes, la verosimilitud de los personajes, lo
exacto de los datos o las acotaciones
cronológicas. El esfuerzo valía la pena,
pues se trataba de no perderme en un
mar de referencias ni limitarme a superficialidades. También, quería amaestrar
mi imaginación, pues la sé capaz de

quebrar con su torpeza todos los límites y pautas aconsejadas en el género.

Ahora, con franqueza, puedo confesar mi inseguridad. Sí, lo cierto es que dudo mucho que lo haya conseguido. Ni tan siquiera he acatado, como debería, las atinadas sugerencias de Jaime, mi asesor en esta travesía. Incluso, por si fuera poco todo lo anterior, debo reconocer que, hace apenas unas horas, he sentido que me remataban y apunti-llaban como presunto autor de novela histórica. Y, en esta última ocasión, no lo ha hecho mi amigo, sino un tercero; nada menos que el actual jefe de la biblioteca real en persona, el padre José Luis del Valle.

Este docto agustino ha accedido, con una extrema generosidad y solicitud, a nuestra petición de recorrer de su mano la laurentina, y acaba de mostrarnos este incomparable lugar junto con algunos de sus más recoletos y preciados rincones.

Como es obvio, a medida que nuestro experto e ilustre guía prodigaba sus enseñanzas, yo me revolvía interiormente. Al escucharle deshacer, uno a uno, los incontables tópicos en los que se cae respecto del monumento y sus enseres, me he dado cuenta del tamaño de mi ignorancia y, a la vez, del atrevimiento en que he incurrido al escribir esta historia, sin contar antes con la erudición e investigación precisas. Me he visto a mí mismo tan ridículo como un niño que pretendiera no mojarse, luciendo solo una gorrita, bajo una cascada gigantesca de saber, y que se ve calado al final hasta los huesos.

Por otro lado, no necesito además recordar, para aguzar mis vacilaciones, los hermosos libros de estilo histórico que he

saboreado, ni los nombres de sus autores:
Walter Scott, Dumas, Víctor Hugo, Sten-
dhal, Cánovas, Pérez Galdós, Enrique Gil
y Carrasco -con sus inolvidables templa-
rios-, Baroja o, más recientemente, Graves, Yourcenar, Eco y tantos otros. Las
crónicas de los reyes, los cantares de
gesta, las legendarias sagas, las novelas de
época, todas estas maravillas vienen,
también a su manera, contra mí, con sus
lanzas en ristre.

Perdóneseme la broma, pero es
mi último gesto de humor. ¡No, no voy a
quedarme quieto, esperando esas
puntas...! Que sus agudos filos pinchen
el globo de la vanidad de otros, mucho
más aguerridos y sufridos. Yo sé lo poco
que valen estas páginas, y aun así las he
escrito. Deseaba probar, hacer mi intento.
Quien no procura lo que anhela, jamás
deja de reprochárselo. En cambio, para
mí, el reproche que queda consiste sólo

en no haber logrado hacerlo mejor, en no haber escrito con más acierto y una historia más fecunda. Pero, al menos, ahora, al término de mi novela, lo reconozco sin disimulo. A semejanza del Caballero de la Triste Figura, en el lecho de muerte, recupero como él la lucidez. Y, a su ejemplo, reconozco lo vano de mis esfuerzos, y que estos se han acabado ya, y que no puedo prolongarlos más. Hasta aquí he llegado y no lo lamento.

No voy a dejar testamento ni a legar nada a nadie, a diferencia de lo que hizo don Alonso Quijano. No poseo nada, en este mundo nuestro de palabras y de letras, el que en este momento compartimos, más allá de mi creatividad, una creatividad bastante alocada y quijotesca. Por otro lado, no tengo por qué testar, que no es este, según creo, lecho de muerte física, desde el que vaya a pasar al otro mundo o a mejor vida.

Por todo lo dicho, en fin, termino
con una disculpa de autor. Esta: no sé si
esto es o no del todo una novela, ni si
pertenece, aunque sea de forma indirecta
o con propiedad, al género de la novela
histórica (de hecho, como mucho, la
considero una obra de ambientación de
época); pero, igual que el zumbón Tomás
Moro se rio de su suerte incluso en el
cadalso y delante de su verdugo, yo
también me burlo de mí en el momento
final. Me sonrojo por haber aspirado, con
tanta osadía, a ingresar en la pléyade de
los autores de novelas históricas. Seguramente, con toda la razón, no se me
espere en ese lugar, si es que existe.

En cualquier caso, lo que me ha
empujado aquí, y aquello con lo que te he
arrastrado hasta este punto a ti que me
lees, puede sintetizarse en una simple
frase. Una pretenciosa e ingenua máxima,
muy quijotesca sin duda, aunque no

siempre recomendable. Con ella, cae nuestro telón y este relato se cierra. Es esa de: "por mí, que no quede".

Este libro se terminó de imprimir en noviembre de 2024